Tucholsky Wagner Zola Scott Sydow Freud Schlegel
Turgenev Wallace Fonatne
Twain Walther von der Vogelweide Fouqué Friedrich II. von Preußen
Weber Freiligrath
Kant Ernst Frey
Fechner Weiße Rose von Fallersleben Frommel
Fichte Richthofen
Hölderlin
Engels Fielding Eichendorff Tacitus Dumas
Fehrs Faber Flaubert
Eliasberg Ebner Eschenbach
Feuerbach Maximilian I. von Habsburg Fock Eliot Zweig
Ewald Vergil
Goethe London
Elisabeth von Österreich
Mendelssohn Balzac Shakespeare Dostojewski Ganghofer
Lichtenberg Rathenau Doyle Gjellerup
Trackl Stevenson Hambruch
Tolstoi Lenz Droste-Hülshoff
Mommsen Hanrieder
Thoma von Arnim Hägele Hauff Humboldt
Dach Verne Hagen
Reuter Rousseau Hauptmann Gautier
Karrillon Garschin
Defoe Baudelaire
Damaschke Hebbel
Descartes
Hegel Kussmaul Herder
Wolfram von Eschenbach Dickens Schopenhauer
Darwin Melville Grimm Jerome Rilke George
Bronner Bebel Proust
Campe Horváth Aristoteles
Voltaire Federer Herodot
Bismarck Vigny Barlach
Gengenbach Heine
Storm Casanova Tersteegen Grillparzer Georgy
Lessing Gilm
Chamberlain Langbein Gryphius
Brentano Lafontaine
Claudius Schiller Kralik Iffland Sokrates
Strachwitz Schilling
Bellamy
Katharina II. von Rußland Raabe Gibbon Tschechow
Gerstäcker
Löns Hesse Hoffmann Gogol Wilde Vulpius
Gleim
Luther Heym Hofmannsthal Klee Hölty Morgenstern
Roth Goedicke
Heyse Klopstock Kleist
Luxemburg Puschkin Homer Mörike Musil
La Roche Horaz
Machiavelli Kraft Kraus
Navarra Aurel Musset Kierkegaard
Nestroy Marie de France Lamprecht Kind Kirchhoff Hugo Moltke
Laotse Ipsen Liebknecht
Nietzsche Nansen
Marx Ringelnatz
von Ossietzky Lassalle Gorki Klett Leibniz
May vom Stein Lawrence Irving
Petalozzi Knigge
Platon Kafka
Sachs Pückler Michelangelo Kock
Poe Liebermann
de Sade Praetorius Mistral Zetkin

Der Verlag tredition aus Hamburg veröffentlicht in der Reihe **TREDITION CLASSICS** Werke aus mehr als zwei Jahrtausenden. Diese waren zu einem Großteil vergriffen oder nur noch antiquarisch erhältlich.

Symbolfigur für **TREDITION CLASSICS** ist Johannes Gutenberg (1400 — 1468), der Erfinder des Buchdrucks mit Metalllettern und der Druckerpresse.

Mit der Buchreihe **TREDITION CLASSICS** verfolgt tredition das Ziel, tausende Klassiker der Weltliteratur verschiedener Sprachen wieder als gedruckte Bücher aufzulegen – und das weltweit!

Die Buchreihe dient zur Bewahrung der Literatur und Förderung der Kultur. Sie trägt so dazu bei, dass viele tausend Werke nicht in Vergessenheit geraten.

Kakerlak

Geschichte eines Rosenkreuzers aus dem vorigen Jahrhunderte

Johann Karl Wezel

Impressum

Autor: Johann Karl Wezel
Umschlagkonzept: toepferschumann, Berlin

Verlag: tredition GmbH, Hamburg
ISBN: 978-3-8424-1389-4
Printed in Germany

Ziel der TREDITION CLASSICS ist es, tausende deutsch- und fremdsprachige Klassiker wieder in Buchform verfügbar zu machen. Die Werke wurden eingescannt und digitalisiert. Dadurch können etwaige Fehler nicht komplett ausgeschlossen werden. Unsere Kooperationspartner und wir von tredition versuchen, die Werke bestmöglich zu bearbeiten. Sollten Sie trotzdem einen Fehler finden, bitten wir diesen zu entschuldigen. Die Rechtschreibung der Originalausgabe wurde unverändert übernommen. Daher können sich hinsichtlich der Schreibweise Widersprüche zu der heutigen Rechtschreibung ergeben.

Johann Karl Wezel

Kakerlak

oder

Geschichte eines Rosenkreuzers aus dem vorigen Jahrhunderte

Die Rosenkreuzer waren eine Gesellschaft, von welcher man seit dem Jahre 1610 sehr viel sprach, ohne daß man jemals die mindeste Spur von ihrem Dasein entdecken konnte. Das lustigste war, daß damals alle Paracelsisten, Alchimisten und andere Weisen von dieser Art dazu gehören wollten, und jeder von ihnen schrieb seine eigenen Meinungen den Brüdern des Rosenkreuzes zu. Die Lobsprüche, womit die Brüderschaft öffentlich überhäuft wurde, brachten einige fromme Leute auf, die nicht ermangelten, ihr alles mögliche Böse schuld zu geben, und keinem fiel die Frage ein, ob es wirklich Rosenkreuzer gäbe.

Unterdessen sagte man sich öffentlich, daß itzt eine sehr merkwürdige, bisher verborgene Gesellschaft zum Vorschein käme, die ihren Ursprung Christian Rosenkreuzen verdankte. Man setzte hinzu, daß dieser Mann, der 1387 geboren wäre, eine Reise ins Gelobte Land zum Heiligen Grabe getan und zu Damasco Unterredungen mit chaldäischen Weisen gehabt hätte. Von diesen sollte er geheime Wissenschaften, besonders die Magie und Kabbala, erlernt und sie auf seinen Reisen in Ägypten und Libyen bis zur Vollkommenheit studiert haben. Nach seiner Zurückkunft in sein Vaterland, erzählte man weiter, faßte er den edelmütigen Entschluß, die Wissenschaften zu verbessern, und stiftete zu diesem Endzweck eine geheime Gesellschaft, die aus einer kleinen Anzahl von Mitgliedern bestand. Er entdeckte seinen Auserwählten die tiefen Geheimnisse, die er besaß, nachdem sie ihm vorher einen Eid geschworen hatten, daß sie nichts davon bekanntmachen und sie auf ebendieselbe Art der Nachkommenschaft überliefern wollten.

Um dieser Erzählung mehr Gewicht zu geben, erschienen zwei Schriften, worinne die Geheimnisse der Brüderschaft offenbart wurden; eine hat den Titel »Fama fraternitatis, id est, detectio fraternitatis laudabilis ordinis roseae-crucis«, die andere »Confessio fraternitatis« erschien lateinisch und teutsch.

In diesen beiden Werken schreibt man der Gesellschaft außer einer besondern Offenbarung, die ein jeder Bruder für sich erhalten haben sollte, und außer dem Vorsatze, alle Wissenschaften, besonders die Arzneikunst und Philosophie, zu reformieren, auch vorzüglich den Stein der Weisen zu; durch diesen sollten sie eine Universalarznei, die Veredlung der Metalle und Mittel, das Leben zu verlängern, gefunden haben; zuletzt wird ein goldnes Jahrhundert angekündigt, wo alle Arten der Glückseligkeit auf unserm Planeten herrschen werden.

Da diese beiden Schriften viel Aufsehn machten, so urteilte ein jeder nach seinen Vorurteilen über die löbliche Brüderschaft, jeder wollte das Rätsel aufgelöst haben. Viele Theologen argwohnten sogleich, daß es eine Verschwörung wider den christlichen Glauben wäre; ein Herr Christophorus Nigrinus bewies, daß es Calvinisten sein müßten, aber zum Unglück für alle diese Mutmaßungen der Rechtgläubigen fand sich eine Stelle in den angeführten Schriften, woraus erhellte, daß die Brüder eifrige Lutheraner wären; nun zweifelte niemand mehr an ihrer Orthodoxie, niemand hielt sie mehr für Feinde des Glaubens, und einige lutherische Theologen nahmen öffentlich und eifrig ihre Partie.

Der aufgeklärte Teil vermutete, daß alles nur eine Erdichtung von Chymikern wäre, wie die chymischen Kenntnisse bewiesen, deren sich die Gesellschaft rühmte; sie setzten als einen neuen Beweis hinzu, daß der Name *Rosenkreuz* chymisches Latein wäre und einen Philosophen bedeutet, der Gold machen könnte; denn *ros* (der Tau) soll in der alchymistischen Sprache das Gold genennt werden.

Viele waren einfältiglich überzeugt, daß Gott aus besondrer Gnade sich einigen Frommen und Auserwählten geoffenbart und sie ausgerüstet hätte, die Wissenschaften zu reformieren und dem menschlichen Geschlecht unbekannte Geheimnisse zu entdecken.

An keinem Orte konnte man diese Gesellschaft noch ein Mitglied davon entdecken; verständige Leute bestärkten sich daher in ihrer Meinung, daß es gar keine solche Brüderschaft gäbe noch jemals gegeben hätte und daß alles, was man von ihr und ihrem Stifter erzählte, nur ein Märchen wäre, das man erfunden hätte, um sich auf Unkosten der Leichtgläubigen zu belustigen oder um die Meinung des Publikums von der Lehre des Paracelsus und der Alchymisten zu erfahren.

Das Ende war, daß niemand mehr von dieser Brüderschaft sprach, seitdem die Erfinder nicht mehr davon schrieben. Man warf einen starken Verdacht auf Valentin Andreae, einen wirttembergischen Theologen, daß er vielleicht nicht der erste Erfinder dieses Possenspiels wäre, aber doch die erste Rolle dabei gespielt hätte.

Gegenwärtige Geschichte beweist auf eine unumstößliche Art, daß alle diese Herren in ihren vernünftigen und in ihren einfältigen Mutmaßungen sich betrogen; sie beweist nicht allein, daß die Gesellschaft der Rosenkreuzer einmal existierte, weil ich sonst die Geschichte eines Rosenkreuzers nicht erzählen könnte, sondern auch daß die Rosenkreuzer ganz etwas anders waren, als man glaubte.

Gelehrte, die mit der Naturgeschichte des Menschen sehr bekannt sind, werden bei dem Namen des Mannes, dessen Geschichte hier erzählt wird, zuerst an das unglückliche Geschlecht der schneeweißen Menschen mit rosenfarbnen Augen denken, die man in Asien *Kakerlaken*, in Afrika *Albinos* und im Französischen *Nègres-blancs* nennt. Allein hier geht es ihnen wie oft bei andern Gelegenheiten: Sie vermuten alles, nur nicht was sie vermuten sollen. Der Name *Kakerlak* ist ganz natürlich aus *Kak* und *Lak* zusammengesetzt und hat mit den weißen Negern nicht das geringste gemein; wem daran liegt zu wissen, was diese beiden Wörter in der alchymistischen Sprache bedeuten, dem rate ich, ein Wörterbuch der edlen Goldmacherkunst nachzuschlagen.

Kakerlak war ein Philosoph, der den *moralischen* Stein der Weisen, die *Glückseligkeit*, suchte; nach dem Willen der Natur sollte er sie vorzüglich in sich, in seinem Verstande und seinem Herze finden, allein der gute Mann wurde seiner Bestimmung überdrüssig und glaubte daher, daß er auf dem unrechten Wege zur Glückseligkeit wäre. Er vermutete, daß ein glänzender Stand viel eher dazu führen müßte und daß die Sinne viel leichter dazu verhälfen als der Geist, mit dem sein Versuch nicht gut abgelaufen war; da es aber menschlicherweise nicht wohl möglich ist, sich so oft in einen andern Zustand zu versetzen, als man wünscht, und seine Vergnügungen so oft abzuändern, als der Überdruß sie uns langweilig macht, so ergriff er das natürlichste Mittel von der Welt und wandte sich an die Hexen. Eine, die eben damals aus dem Hexenstaate verbannt war, gewährte ihm seinen Wunsch, führte ihn von Vergnügen zu Vergnügen, und da er sie alle genossen hatte, verlangte er . . . Doch nein! so treuherzig bin ich nicht, daß ich das Ende meines Märchens voraussage; wer es erfahren will, wende das Blatt um und lese, bis das Buch aus ist.

Wzl.

Erstes Buch

> Hinweg mit euch, ihr sogenannten Weisen!
> Ihr wollt mit dreistem Flug der Spekulation
> Von Welt zu Welt bis zu des Chaos Thron,
> Bis ins Gebiet des Nichts und wohl noch weiter reisen,
> Mit euerm Maulwurfsblick das Rädchen auszuspähn,
> Durch dessen Trieb sich unsre Sterne drehn.
> Ihr wollt bis in die Werkstatt dringen,
> Wo die Natur mit nie erschöpfter Kraft
> Den Dingen Form, den Geistern Leiber schafft.
> Ihr wollt mit schweren Gänseschwingen
> Bis über Sonn und Mond ins Reich der Wahrheit dringen,
> Und fragt man euch: »Was habt ihr dort gesehn?«,
> Dann wißt ihr ebendas zu sagen,
> Als die der Dummheit Los ganz philosophisch tragen
> Und keinen Schritt nach eurer Wahrheit gehn.

So rief, voll Unwillen, der große Kakerlak, der berühmteste Rosenkreuzer zu der Zeit, da Rosenkreuzer noch berühmt waren; er schleuderte alle Weisen in Folio und Quart, die seinen Hofstaat ausmachten, in die vier Winkel seiner Stube. Sein Bruch mit der menschlichen Weisheit war so ernstlich gemeint, daß er sogar die Geheimnisse nicht verschonte, die ihm den Stein der Weisen hatten verschaffen sollen; er trat seine Spekulationen mit Füßen und schwur, nicht länger etwas zu suchen, das sich nicht finden lassen wollte. Die Galle war über seine Philosophie Herr geworden, und es ließ sich nichts Besseres tun, als daß er geduldig stillhielt, bis die Philosophie wieder Herr über die Galle wurde; er ging in den Garten, setzte sich unter einen alten Apfelbaum und rief mit erhabnen Händen:

> Ach, welche Gottheit nimmt den traur'gen Überdruß
> Aus diesem Leben weg! Man seufzet nach Genuß,
> Solang man ihn entbehrt; man wünscht, ihn zu entbehren,
> Wenn man gekostet hat. Die Sättigung
> Schwebt über jeder Lust und schießt mit schnellem Schwung,

Dem Geier gleich, herab, das Täubchen zu verzehren.
Nur *der* genießt, wer bloß den Sinnen lebt,
Vergnügen sucht und nie nach leerer Weisheit strebt;
Ein stetes Gastmahl ist für ihn das Leben;
Er eilt von Lust zu Lust, fühlt nie das Einerlei.
Ihr Mächte dieser Lust, steht meinen Wünschen bei!
Auf Zauberflügeln laßt in eine Welt mich schweben,
Wo ins Vergnügen nicht, sobald sein Keim sich hebt,
Der Überdruß den gift'gen Stachel gräbt.

Kaum hatte er seine Ausrufung geschlossen, so hüpfte ein Vögelchen, klein und schönfarbig wie ein Kolibri, im Grase daher, hub die kleine rote Brust und rief mit sanftem gutherzigen Tone: »Kakerlak!«

Ich bin die Hexe *Tausendschön*
Und ließ vom hohen Brocken[1]
Mich durch dein philosoph'sches Flehn
Zu dir herniederlocken.
Mich plagt die Neigung, wohlzutun
Zu allen Tagesstunden,
Und läßt mein Herz nicht eher ruhn,
Als ich den Mann gefunden,
Den nie der Überdruß beschwert,
Der niemals im Vergnügen
Nach Wechsel gähnt, solang es währt.

In einem von den Kriegen,
Die ewig unsern Staat entzwein,
Wo nur Kabalen siegen,
Ward ich verdammt, daß mir zur Pein
Das Wohltun werden sollte.
Du fragst, für welch Vergehn man mich
So hart bestrafen wollte?
Nein, frage lieber, wie man sich

---

[1] Der Brocken ist bekanntermaßen der höchste Berg auf dem Harze und der Versammlungsort der Hexen, die am Walpurgistage aus der ganzen Welt dort zusammenkommen, um sich über ihre Reichsangelegenheiten zu besprechen.

So leicht begnügen wollte.

Ich hab ein weiches Herz, gemacht
Aus Mitleid, Lieb und Tränen:
Nur wohlzutun war Tag und Nacht
Von Jugend auf mein Sehnen.
Aus Tigerblut und Eisen sind
Die Herzen meiner Schwestern:
Zum Guten tölpisch wie ein Kind
Und voller Witz zum Lästern,
Läßt keine sich Gelegenheit
Zu schaden leicht entgehen.

Nun hörten wir vor kurzer Zeit
Den Fürst *Omega* flehen.
Er wurde der Mätressen sehr
Auf einmal überdrüssig;
Für ihn war keine Freude mehr,
Sein armes Herzchen müßig.
Mein Mitleid ward von ihm erweicht:
Ich riet, ihn zu verjüngen;
Doch meine Schwestern sind nicht leicht
Durch Mitleid zu bezwingen.
Ihr schadenfroher Rat beschloß,
Des Fürsten Qual zu mehren;
Durch ihre List kam in sein Schloß
Ein Mädchen, warf mit Zähren
Sich auf die Kniee hin und bat
Um Gnade für den Bruder:
Er war für eine Freveltat
Verdammt zum schweren Ruder.
Sie gossen in des Fürsten Blut
Schnell jugendliche Flammen,
Und lodernd schlug der Liebe Glut
Ihm überm grauen Haupt zusammen.
Er liebt seitdem das Mädchen – ach!
Was soll ich dir's erzählen?
Mich rührt sein hartes Ungemach:
Sein Herzchen brennt, die Kräfte fehlen.

Durch einen Zaubertrunk gelang
Es mir, die Qual zu lindern;
Doch meiner Schwestern Bosheit drang
Hindurch, die Bosheit zu verhindern.
Wie stürmte dann auf mich ihr Grimm!
Ich floh voll Angst und Schrecken,
Um mich vor ihrem Ungestüm
In diesen Vogel zu verstecken.
Sie sprachen drauf das Urteil aus,
Das meine Flucht verbittert:
»Wir stoßen sie zu unserm Reich hinaus,
Sie hat des Schicksals Schluß erschüttert,
Das zum Gefährten jeder Lust
Dem Sterblichen den Überdruß bestimmte,
Damit in seiner kühnen Brust
Die stolze Meinung nie entglimmte,
Er sei der Herrscher seines Glücks,
Zu träger Sinnlichkeit geboren,
Zum einz'gen Liebling des Geschicks
Vor allen andern auserkoren.
Drum irre sie, die dies Gesetz
Aus schwachem Mitleid störte,
In steter Furcht vor Flint und Netz;
Sie, die ihr weiches Herz betörte,
Sie hab ein weiches Herz zur Pein.
Sie soll zu den Betrübten eilen,
Die nur mit sich den stillen Kummer teilen
Und die mit lautem Schmerz um Hülfe schrein,
Soll immer vor Begier zu helfen brennen,
Stets helfen wollen und nicht können.
Bis sie den Mann, den nie der Überdruß beschwert,
Gefunden hat, den Mann, der niemals im Vergnügen
Nach Wechsel gähnt, solang es währt,
Bis dahin soll auf ihr dies unser Urteil liegen.«

Ich komme dann nach diesem Schluß,
Mit Trost dir beizustehen.
Dich quält der Weisheit Überdruß;
Doch hab ich dich ersehen,

Mich von der Strafe zu befrein.
Dir schenkt von nun an das Vergnügen
Stets Becher über Becher ein;
Bist du nach wenig Zügen
Des einen satt, so rufe »Kak«;
Gleich lad ich dich auf meine Flügel
Und trage dich, Freund Kakerlak,
Weit über Tal und Hügel
Zu einer neuen Wonne hin,
Bis ich erlöset bin.

»Du armseliges Vögelchen!« antwortete der Schwermütige. »Du willst mich auf den kleinen Schwingen, wo eine Milbe eben Platz hätte, zur Freude tragen? – Geh! Mich betrügst du nicht; meine Lippen sprechen nie dein elendes ›Kak‹.«

Kaum hatte er's gesprochen, so schwebte er schon auf dem Rücken des Vögelchen in den Lüften; dort flog es hin mit dem ganzen Philosophen und schüttelte ihn auf einen samtnen Stuhl im Vorgemache der Königin *Ypsilon*. Die schnelle Fahrt durch die Luft hatte ihm den Kopf schwindlich gemacht: Er schlief ein.

Auf der Ottomane saß die Königin Ypsilon und gähnte; am Fenster saß Prinzessin *Friß-mich-nicht* und brummte; auf dem Taburett saß Prinz *Lamdaminiro* und lachte, alle drei aus gutem Grunde: Die erste hatte Langeweile; die zweite war böse; der dritte spielte mit einem Gaukelmanne.

Das Vögelchen, in welchem die Hexe Tausendschön wohnte, hüpfte auf das Fensterbrett und pickte ein Stückchen Biskuit auf. »Ein schönes Vögelchen!« rief die Königin. »Der abscheuliche Mistfinke!« sprach die Prinzessin. »Das allerliebste Tierchen!« schrie der Prinz und ließ vor Entzücken den Gaukelmann fallen.

»Du hast Langeweile, große Königin?« fing das Vögelchen an. »Ich schaffe dir Zeitvertreib.«

»Du mir?« antwortete die Königin. »Närrchen, wie machtest du das?«

Das Vögelchen: »Ich schaffte dir einen Gemahl.«

Die Königin: »Schlecht getroffen! Ich hatte einen und ward des Lebens nicht froh.«

Das Vögelchen: »Du hattest keinen; denn dein Gemahl liebte dich nicht.«

Die Königin: »Wird mich ein andrer mehr lieben? Männer sind langweilig. – Kannst du nicht singen?«

Das Vögelchen sang:

> Ohne Liebe sucht vergebens
> Auf dem düstern Pfad des Lebens
> Der verlaßne Wandrer Licht;
> Zwischen Alpen muß er schmachten,
> Wo des Eises tiefe Schachten
> Nie ein Frühlingslüftchen bricht.

Die Königin befahl, einen goldnen Käfig herbeizubringen; der Prinz holte ihn, und das Vögelchen hüpfte munter durch die enge Türe hinein. Beide waren vergnügt, gaben dem sanften Geschöpfe Zuckerkörner und Zwieback und foderten jede Minute ein Liedchen, der Prinz ein lustiges und die Königin ein verliebtes. Je mehr ihm geschmeichelt wurde und je mehr es sang, desto erbitterter wurde die Prinzessin; wer ihr nicht schmeichelte, war ihr verhaßt, und sie schwur bei sich dem Vögelchen den Tod, weil es andern Freude machte. Man merkt wohl, daß ihre Gesellschaft nicht die beste sein konnte, und es ist daher sehr gut, daß sie vor Ärger zum Zimmer hinausging, damit wir nicht weiter von ihr sprechen dürfen.

Kaum näherte sich die Nacht, so schlüpfte das Vögelchen durch die goldnen Stäbe des Käfigs, setzte sich dem schnarchenden Kakerlak auf die Stirn und pickte ihn mit dem kleinen Schnabel dreimal in die Nase, um ihn zu wecken. – »Kak, kak, kak«, rief er träumend, fuhr in die Höhe und wollte sich die Augen reiben, aber er hatte nicht Zeit dazu; denn das erste »Kak« war eben über die Lippen, als er schon dem Vögelchen auf dem Rücken saß; dort flog es mit ihm hin in die schöne Garderobe des Fürsten Omega.

»Suche dir zwölf der schönsten Kleider aus«, sprach zu ihm das Vögelchen, »daß du jede Stunde des Tages ein andres tragen kannst.

Morgen abend bist du König in Butam.« – Er suchte sie aus. Darauf zog die Hexe dem jüngsten Bruder des Fürsten im Schlafe sehr sanft die Physiognomie vom Kopfe und befestigte sie sauber auf dem Gesichte des künftigen Königs; dieser steckte kaum einen Augenblick unter der neuen Larve, so fing er an, gewaltig zu kommandieren, zu lärmen, zu fluchen und zu prügeln. Die goldne Staatskutsche des Fürsten mußte sogleich mit acht porzellänfarbnen Rossen bespannt werden, Stallmeister und Jägermeister sich zu Pferde setzen, die Laufer voranrennen und die Bedienten nachfahren; der Zug ging so schnell, daß bei Tagsanbruche die erste Kutsche schon auf dem Schloßhofe der Königin Ypsilon war, und die Sonne stand noch nicht über dem Horizont, als sich schon die Kammerjunker pudern ließen.

Kakerlak mit seiner gestohlnen Physiognomie wurde überaus gnädig empfangen und eroberte das Herz der Königin mit dem ersten Komplimente, als er ins Zimmer trat; so geschwind ging es vermutlich nicht zu, wenn nicht eine Hexe die Hand im Spiele hatte. Die Königin wurde bei jedem Worte verliebter und fiel schon bei dem Handkuß ihres Gastes in Ohnmacht; nach der Tafel warb er um sie, wurde noch vor Einbruch der Nacht ihr Gemahl und des Morgens darauf zum König in Butam ausgerufen. Jedermann glaubte, es wäre der Prinz *Alfabeta*, da es doch eigentlich nur seine Physiognomie war.

Als der neue König am zweiten Morgen auf der Bergere lag und über den Plan seiner Regierung nachdachte, setzte sich ihm das Vögelchen auf die Schulter und flisterte ihm in die Ohren: »Hast du noch Langeweile wie bei deinen großen Büchern, als du den Stein der Weisen suchtest?« – »Nein«, antwortete der König, »aber Sorgen. Ich möchte nicht gern bloß ein König sein; ich wünschte, ein großer König zu werden, und habe die ganze Nacht gesonnen, wie ich's werden soll.« – Das Vögelchen unterbrach ihn: »Geruhen Ihre Majestät, sich ins Nebenzimmer zu begeben und dreimal die letzte Silbe Ihres vorigen Namens auszusprechen, und Sie können ein großer König werden.«

Der König stand auf, ging ins Nebenzimmer und rief dreimal »Lak«, und plötzlich lag vor seinen Füßen ein grünes Säckchen, eine goldne Büchse und ein roter Nachtstuhl. »Was soll mir dieser Plunder?« fuhr der König unwillig auf, der seinen neuen Stand schon ein wenig fühlte. »Verzeihn Sie in Gnaden«, erwiderte das Vögelchen, »mit diesen drei Möbeln sollen Sie ein großer König werden. Sobald Sie eine Anstalt machen wollen, die Geld erfodert, es sei, soviel es will, so greifen Sie in diesen grünen Sack: Je tiefer Sie greifen, desto größer wird er; je mehr Sie Gold herausnehmen, desto mehr wird darinne sein. Sobald ein neidischer Nachbar Ihnen den Krieg ankündigt, so öffnen Sie Ihre goldne Büchse: Wo Ihre Majestät die goldnen Körner darinne hinstreuen, werden Soldaten aus der Erde hervorwachsen, Reiter und Fußvolk, völlig bewaffnet, montiert und equipiert, ohne daß Sie ihnen *einen* Knopf auf den Rock oder ein Hufeisen ans Pferd zu kaufen brauchen. – Aber«, setzte das Vögelchen warnend hinzu, »gebrauche beides mit Überlegung; trage beides beständig bei dir, und laß keine Hand außer deiner in den Sack greifen oder die Büchse öffnen, denn –«

»Glaubst du, daß ich so schwer begreife?« unterbrach sie der König mit Empfindlichkeit. »Fast sollte man glauben, daß du der Philosoph gewesen wärst und nicht ich; denn du willst beweisen, daß am Mittage Tag ist. Ich verstehe deine Warnung und werd ihr folgen. Ich danke dir für beide Geschenke; aber hier diesen roten Nachtstuhl schaff mir augenblicklich aus den Augen; es ist ja ganz wider den guten Geschmack, so eine Möbel im Zimmer zu haben.«

Das Vögelchen: »Hier irren sich Ihre Majestät während Ihrer zweitägigen Regierung zum ersten Male!«

Der König: »Unverschämte! Wofür wär ich denn König, wenn ich mich irrte?«

Das Vögelchen: »Dies verächtlichste Bedürfnis unter allen menschlichen Bedürfnissen soll die Grundfeste deines Throns werden. Sooft du jemand einen Dienst anvertrauen willst, so laß ihn vor allen Dingen zur Probe auf diesem Stuhle sitzen; bleibt er ohne Schmerzen, so ist er ein ehrlicher Mann; krümmt und windet er sich, als wenn ihn die Kolik plagte, so ist er ein Schurke, und du kannst ihn auf der Stelle hängen lassen. Ich verlasse dich, und wenn ich zu dir zurückkomme, so ist es ein Zeichen, daß du einen Fehler machtest.«

Der König wollte seiner Beschützerin danken, aber sie war verschwunden, eh er die Lippen öffnete. »Gut«, sagte er zu sich, »mit dem Stuhle mußt du die erste Probe machen.«

Er ließ augenblicklich alle seine Räte und Beamte an den Hof berufen, und jeder mußte in seiner Gegenwart Probe sitzen. Sein Schatzmeister hatte kaum den Stuhl berührt, so schrie er wie ein Beseßner; sein Justizaufseher sank vor Schmerzen mit dem Kopf in den Schoß, und die Kammerbedienten bekamen Konvulsionen; allen ohne Ausnahme machte der verdammte rote Stuhl eine Kolik.

»Soll ich denn die Leute alle hängen lassen?« sagte der König betrübt zu sich. »So muß die eine Hälfte meines Reichs zu Scharfrichtern und Seilern werden, damit es der andern nicht an Stricken und Henkern fehlt.«

Indem er traurig so klagte, saß ihm unbemerkt das Vögelchen auf der linken Schulter und flisterte ihm ins Ohr: »Ihre Majestät haben während Ihrer dreitägigen Regierung den ersten Fehler gemacht.«

»Was?« rief der König erzürnt. »Du willst mich eines Fehlers beschuldigen, nachdem du mich mit deinem verwünschten roten Stuhle unglücklich machtest? – Er hat mir die traurige Überzeugung verschafft, daß mich lauter Schurken umgeben; möchten sie es doch sein, wenn ich's nur nicht glauben müßte! Ich bin ein unglücklicher König, denn ich muß mißtrauisch sein. Schaff mir den roten Stuhl aus den Augen, damit ich nicht versucht werde, ihn noch einmal zu brauchen.«

»Nein«, sprach das Vögelchen, »du sollst ihn brauchen, aber mit mehr Klugheit. Sagt ich dir, daß du Leute darauf sitzen lassen solltest, die schon in deinem Dienste *sind*? Sagt ich nicht ausdrücklich: Laß jeden, dem du einen Dienst *anvertrauen* willst, zur Probe auf diesem Stuhle sitzen? Niemand kann dir nur fünf Jahre dienen, ohne wider sein Wissen und Wollen seine Pflicht zu verletzen; der ehrlichste Mann muß oft wider seine Neigung dir schaden, um sich nicht von einem Mächtigern schaden zu lassen; er muß die Pflicht seinem Wohlsein aufopfern, wenn er nicht verhaßt und unglücklich werden will. Drum befreie dich nur von den wenigen, denen der Stuhl die größten Schmerzen verursachte; die übrigen halte für ehrliche Leute und traue jedem so lange, bis du ihn ertappst; aber nimm keinen an, der nicht ohne Kolik vom roten Stuhle aufsteht.«

»Dein Rat ist nicht übel«, antwortete der König. »Das Mißtrauen machte mich so unglücklich, als ich in meinem Leben noch nicht war. In Zukunft will ich's schon besser machen.«

»Ich verlasse dich«, sprach das Vögelchen, »und komme nicht eher zurück, als bis du den zweiten Fehler gemacht hast«, und sogleich verschwand es.

Der König entfernte alle, denen der Stuhl die größten Konvulsionen machte, und fand ohne Schwierigkeit soviel andre, die ohne Schmerzen vom Probesitze aufstanden. »Das Vögelchen ist wahrhaftig nicht dumm«, sprach er voll Freuden, da die Proben so gut abliefen. »Die Menschen sind herzlich gern ehrliche Leute, aber Not, Gelegenheit und Interesse erlaubt den meisten nicht, es zu bleiben. Wie gut, wenn man ein wenig Philosoph ist und schließen gelernt hat!«

Er verwandelte seitdem sein Mißtraun so sehr in unbeschränktes Vertraun, daß er niemand für keinen ehrlichen Mann hielt, wenn man ihm gleich bewies, daß er's nicht war, und um sein Vertrauen und seine milden Gesinnungen recht durch die Tat zu zeigen, steckte er seine gnädige Hand in den grünen Sack und beschenkte jeden, der beschenkt sein wollte. Die Zahl der Liebhaber wuchs mit jeder Stunde: Sie krochen, schmeichelten, bettelten, rühmten ihre Verdienste, ihre Treue, ihren alleruntertänigsten Gehorsam, keiner ging mit leerer Hand hinweg.

Der König wollte sich eben über seine Milde und seinen unerschöpflichen Sack freuen, als er das Vögelchen auf der Schulter erblickte; er erschrak, daß er den grünen Sack aus der Hand fallen ließ. »Du Freudenstörerin!« rief er, »willst du mir nicht schon wieder einen Fehler aufbürden? Komm und tadle mich! Hab ich nicht mit wahrer königlicher Freigebigkeit gehandelt?«

Das Vögelchen: »Ihre Majestät haben während Ihrer viertägigen Regierung den zweiten Fehler begangen.«

Der König: »Sage mir, welchen! Ich fodre dich auf.«

Das Vögelchen: »Sieh nur, wen du beschenkt hast, und dann wird dir dein erleuchteter Verstand statt meiner antworten. Die Elendesten, Verächtlichsten, Verdienstlosesten im ganzen Reiche genossen deine Freigebigkeit, kriechende Bettler, niederträchtige Schmeichler.

Das wahre Verdienst fühlt zu sehr seinen Wert, um dir deine Gnade abzuschmeicheln oder abzubetteln; du bist sie ihm als einen Tribut schuldig, und es mahnt dich nicht, wenn du ihn nicht freiwillig entrichtest.«

Der König: »Du magst wohl recht haben, aber du machst mir's wahrhaftig ein wenig zu sauer, Regent zu sein. Du mußt in der Geschichte so unwissend sein wie ein neugebornes Kind, wenn du verlangst, daß man alles so genau nehmen soll.«

Das Vögelchen: »Ich verlasse dich und komme nicht eher wieder, als bis du das erste Lob verdient hast.«

»Ich wollte, daß du nie wiederkämst«, rief ihm der König nach, als es verschwunden war. »Man wird eines solchen Hofmeisters überdrüssig, der den ganzen Tag moralisiert und dem man keinen Schritt nach seinem wunderlichen Kopfe recht machen kann. Ich will einen andern Weg einschlagen, um groß zu werden; ewig still zu Hause zu sitzen und in der besten Absicht die größten Fehler zu begehn, das führt zu nichts. Du sollst mich schon loben müssen, wenn ich den halben Erdboden erobert habe; wag es alsdann jemand, mir einen einzigen Fehler vorzuhalten! Ich will Krieg anfangen und die eine Hälfte der Erde zur Wüste machen, damit die andre vor mir zittert.«

Sogleich ließ der König alle Bauern mit Pflügen aufbieten und alle Felder seines Reiches umackern; er reiste in eigener Person herum und streute aus der goldnen Büchse den goldnen Samen aus; wohin ein Korn fiel, da wuchs ein bewaffneter Krieger hervor. Das Schauspiel war ungemein belustigend, als ganze Regimenter mit klingendem Spiele und unter Abfeurung des groben Geschützes hervorsprangen. »Halt, richtet euch!« – »Rechts um schwenkt euch!« – »Das Gewehr auf die Schulter! Marsch!« – so brüllten auf allen Seiten die fürchterlichsten Stimmen durchs ganze Land; die halbe Erde hätte schon vor dem bloßen Geschrei zittern mögen.

Mit rotem Federhut und aufgeblasnen Backen
Hebt ein Trompeter hier Trompet und Nacken,
Lautschnatternd »Treng, Treng, Treng« aus einer Furch empor;
Dort fahren hoch in die Luft zwei Paukenklöppel hervor
Und schlagen den klanglosen Acker mit ungeduldiger Hitze,

Bis daß der schwere Gaul mit der tönenden Pauke sich hebt.
Durch aufgeworfnes Erdreich gräbt
Sich hier des Grenadiers getürmte Mütze;
Er steigt, und steigend streicht er sich den schwarzen Bart.
»Blitz-Höllen-Sapperment«, flucht einer in der Erde,
Und auf den Fluch erscheint ein Kinn, sehr schwach behaart.
Mit Brausen drängen sich bäumende Pferde
Und blinkende Reuter durch staubende Wolken herauf;
Sie fliehn in fest geschloßnen Gliedern
Durch Stoppeln und Graben und Sumpf mit geflügeltem Lauf.
Gehorsam ihres Führers Rufe,
Stehn alle, stampfen, und unter jedem Hufe
Erhebt sich ein Zelt. Kein Brot noch Fleisch wird zugeführt;
Es flucht kein Koch, es knarrt kein Bratenwender.
Kein Topf wird angesetzt, kein Feuer angeschürt,
Gefälschten Wein verkauft kein Marketender.
Die Krippe füllt sich selbst, der Tisch ist stets besetzt
Und jede Zunge stets mit Zyperwein genetzt.

Das Schauspiel war so unterhaltend für den König, daß er ganze Tage säete und Essen und Trinken darüber vergaß; er hörte nicht eher auf, als bis ihm der Raum fehlte. Einer seiner Mandarinen arbeitete indessen an einer Deduktion, worinne sonnenklar bewiesen wurde, daß vor zwölf Jahrhunderten der Marktflecken *Quinquina* zum Königreiche Butam gehört habe, und sobald der Beweis fertig war, zog der König mit seinem Heer aus, dem Könige der kalten Inseln die unrechtmäßige Besitzung abzunehmen. Die Märsche gingen übermäßig schnell; da Menschen und Pferde aus ganz anderm Stoffe gemacht waren als sterbliche Soldaten, so marschierten sie Tag und Nacht in vollem Galopp und liefen gewiß über den Nordpol hinaus, wenn die Offiziere nicht »halt« schrien. Der König ritt jede Viertelstunde ein Pferd tot und konnte doch nicht nachkommen; man merkte wohl, daß ihr Laufen nicht mit rechten Dingen zuging. Sobald er sie eingeholt hatte, gab er Befehl zur Schlacht; der König der kalten Inseln führte wohl seine Truppen auch ins Feld; aber was für eine Armee war das! als wenn ein Häufchen Maikäfer sich gegen einen Schwarm Kraniche wehren wollte, der die Sonne verfinsterte! Ihre Pferde sahen klein aus wie Katzen und die Reuter, als wenn sie aus Kartenblättern geschnitten wären; einer

von den Riesen aus der goldnen Büchse konnte ein halbes Dutzend
davon auf der flachen Hand halten, und wenn eins von den Pferden
aus der goldnen Büchse wieherte, fiel ein ganzes Glied im feindli-
chen Heere zu Boden. Der König war in Gedanken schon Herr von
den sämtlichen kalten Inseln und ließ das Zeichen zum Angriffe
geben; plötzlich erhub sich ein Nordwind, so scharf und schnei-
dend, als wenn er mit allem Eise des Nordpols beschwängert wäre;
die Riesen froren steif, konnten kein Glied rühren, und die Pferde
erfroren ihnen unter dem Leibe, weil sie in einem warmen Lande
gewachsen waren, wo man von dergleichen naseweisen Winden
nichts wußte. Die kleinen Zwerge hingegen, die ein solches un-
freundliches Lüftchen nicht übelnahmen, weil sie in ihrem Lande
keinen bessern Wind hatten, hieben mit Löwenstärke in die erfror-
nen Riesen hinein und brachten sie doch wahrhaftig alle um; wer
kein Blut sehn konnte, war nichts dabei nütze; wenn es nicht gleich
gefroren wäre, so ertranken die Zwerge mit ihren Katzenpferden
insgesamt darinne. Glücklicherweise versteckte sich der Eroberer in
einen hohlen Baum, als der Wind so unverschämt zu blasen anfing,
und errettete sich dadurch vom Frost und vom Schwerte der Feinde. Es war kein Spaß, so weit von seiner Heimat, ganz allein in einem hohlen Baume zu stecken; wenn es nur wenigstens ein schönes
warmes Land gewesen wäre! Aber bei so einer barbarischen Luft
konnte er den Kopf nicht sicher aus dem Loche herauswagen, ohne
daß ihm nicht die Nase erfror. Er vertröstete sich auf die Nacht, wo
er aus dem Baume steigen und den Feinden ungesehn entlaufen
wollte, solange seine Beine hielten; ja, gut getroffen! In solchen ver-
kehrten Ländern gibt's wohl Nacht; er wartete ewig, und es kam
keine.[2] Du guter Kakerlak! Wenn du ein halbes Jahr warten willst,
so wird Nacht genug kommen; hier ist's nicht so wie bei dir zu
Hause, wo man Licht ansteckt, wenn die Sonne zwölf oder sech-
zehn Stunden geschienen hat.

»Wehe mir!« seufzte der unglückliche Eroberer im hohlen Baume,
da die Nacht nimmermehr kommen wollte. »Wie wohl war mir auf
meiner Ottomane! Wie schmeckte mir der persische Wein aus dem
goldnen Becher und das Vogelnest aus der silbernen Schüssel so

---

[2] Die Leser werden sich erinnern, daß in den Ländern des Nordpols das ganze
Jahr nur aus einem Tage und einer Nacht besteht und daß jedes von beiden ein
halbes Jahr dauert.

wohl! Wie wickelte ich mich so warm ins seidne Bettchen und drückte mich an meine Gemahlin Ypsilon! Ach, säß ich noch in meiner philosophischen Zelle und suchte mit dem Eifer eines echten Rosenkreuzers den Stein der Weisen! Fänd ich ihn auch nicht, so wär ich doch in der warmen Stube. Du Tor! Was tatest du, als du dich mit Hexen einließest und durch sie ein großer Mann werden wolltest? Ach, Kak . . .«

Die erste Silbe seines vorigen Namens war noch nicht völlig über die Lippen, so schwebte er schon auf dem Rücken des Vögelchen in der Luft; da es sich bei so schneller Fahrt und so scharfer Luft nicht gut sprechen läßt, so blieb die übrige Hälfte des Namens im Schlunde zurück. Das Vögelchen trug ihn soviel tausend Meilen weit nach Hause und setzte ihn ohne Schnupfen und Katarrh auf seine weiche Ottomane; er wollte ihm danken und Abbitte tun, aber es verschwand, eh er den Mund öffnete.

»Ich komm euch gewiß nicht wieder in euer Land ohne Nacht«, fing er an, als er sich ein wenig ausgewärmt hatte, »und wenn auf den kalten Inseln alles Eis zu Diamanten würde, so mag ich sie nicht erobern. Hätte ich doch bei der Eroberung meine gesunden Gliedmaßen einbüßen können; nein, besser ist's, ich bleibe zu Hause und beschenke aus meinem grünen Sacke jeden, der etwas braucht.«

Diesem Entschlusse gemäß wollte er künftig seine Größe auf einem andern Wege suchen, und um die Erinnerungen seiner Beschützerin zu nützen, nahm er sich vor, nur das Verdienst seine Freigebigkeit empfinden zu lassen. Er gab also allen seinen Räten und Beamten Befehl, auf Personen achtzuhaben, die durch ihr Talent oder ihren Fleiß dem Reiche Nutzen oder Ehre schaffen könnten und ohne Unterstützung keins von beiden zu tun vermöchten; sein Befehl wurde treulich erfüllt, und kein Tag verging, wo er nicht in den grünen Sack griff und ein gut angewandtes Geschenk machte.

Ein Landmann kam, der Vorschuß brauchte, weil ihm Überschwemmung und Hagelwetter Ernte und Winterfutter geraubt hatte, ein andrer, der sich in einer Heide anbaun und aus unfruchtbarem Sande fruchtbare Felder machen wollte; der König griff in seinen grünen Sack und gab ihnen.

Ein Fabrikant kam, der im Lande eine Ware verfertigen wollte, die man wegen ihrer Unentbehrlichkeit dem Fremden abkaufen mußte und dem die erste Auslage fehlte; ein Künstler kam, der aus Mangel, um das Brot zu gewinnen, seine Kunst an schlechte Arbeiten verschwenden und sein großes Talent vernachlässigen mußte; der König griff in seinen grünen Sack und gab ihnen.

Ein junger Mann, dessen Talente viel versprachen, wurde dem Könige bekannt gemacht; er mußte sich um des Unterhalts willen zu Beschäftigungen herablassen, die weit unter seinen Fähigkeiten waren und ihn an wichtigern Arbeiten hinderten, wodurch er sich und dem Reiche mehr Nutzen und Ehre hätte schaffen können; der König griff in seinen grünen Sack und gab ihm, daß er in Zukunft bloß für die Wissenschaften, für sein Talent und die Ehre der Nation leben konnte.

Tat jemand einen Vorschlag zur Verbesserung des Nahrungsstandes, zur Vergrößerung des Handels, zur Ausbreitung der guten Erziehung oder der Wissenschaften, zur Aufnahme der Künste, er mochte den Nutzen, die Verschönerung oder die Ehre des Reichs betreffen, der König griff in seinen grünen Sack, und wenn gleich die Ausführung nicht allemal den gehofften Vorteil verschaffte, so gewährten sie doch wenigstens *den* Nutzen, daß man nun wußte, von welchen Unternehmungen man sich nichts zu versprechen hatte.

Der König hoffte täglich, daß sein Vögelchen wiederkommen und ihn loben sollte; aber es ließ ihn ein ganzes halbes Jahr in der Ungewißheit. Endlich kam es, hüpfte ihm flatternd auf die Schulter und rief: »Großer König, ich lobe dich: Itzt bist du auf dem wahren Wege zur Größe. Du unterstützest das wachsende Verdienst; du flickst nicht am Alten, du schaffst etwas Neues. *Aufhelfen* ist das erste Geschäfte des Regenten: Durch Unterstützung nützt er mehr als durch Belohnung. Großer König, ich lobe dich. Bist du bald deines Glücks überdrüssig?«

»Überdrüssig?« antwortete der König voll Verwunderung. »Da ich erst anfange, mein Glück zu genießen? – Nein, meines gegenwärtigen Vergnügens werd ich nicht überdrüssig, und wenn ich Jahrhunderte lebte. Hätt ich mir doch nicht eingebildet, daß es so schön wäre, König zu sein.«

»Möge doch Ihrer Majestät keine Bitterkeit diesen königlichen Geschmack verderben!« sprach das Vögelchen. »Wenn Allerhöchstdieselben ihn in einem Jahre nicht zu verändern geruhen, so bin ich von meiner Strafe befreit; ich kehre dann in meiner vorigen Gestalt zum erhabnen Brocken in die Versammlung meiner Schwestern zurück. Heil dem großen Könige, der des Vergnügens an guten Handlungen nicht satt wird! – Ich verlasse dich und erscheine dir nicht eher wieder, als bis du mich von meiner Strafe befreit hast.«

Der König tat täglich mehr Gutes und Großes und ward täglich vergnügter; sein Reich blühte, seine Untertanen liebten ihn, und alle Zeitungsschreiber in Butam nannten ihn den großen König. Wenn er nicht die Physiognomie des Prinzen Alfabeta hatte, so blieb er bis an sein Ende im ruhigen Genusse seiner Größe. Der Bestohlne wurde zwar gleich den Morgen darauf, als er in den Spiegel sah, einen Mangel an sich gewahr und versprach Belohnungen über Belohnungen, wenn ihm jemand seine Physiognomie wieder schaffte oder den Dieb anzeigte, der sich so gottloserweise an ihm vergriffen hatte; allein niemand konnte das Verlorne wiederfinden, niemand den Dieb entdecken. Noch mehr ergrimmte der Fürst Omega, sein Bruder, als er merkte, daß ihm sein ganzer Hofstaat gestohlen war, nicht einmal einen Bedienten hatte er übrigbehalten, der ihm den Tee auftragen konnte. Beide Brüder urteilten mit vieler Einsicht, daß es nicht mit rechten Dingen zuging. Omega starb, und sein Bruder mußte sich immer noch ohne Physiognomie behelfen.

Ein Page, der zu dem gestohlnen Hofstaat gehörte, bekam einmal den sauern Dienst, der Prinzessin Friß-mich-nicht die Schleppe zu tragen; sauer war der Dienst gewiß, so wenig Talent außerdem dazu gehören mag, eine Schleppe zu tragen, denn sie hatte die Gewohnheit, im Gehen beständig zu taumeln, wie die hamburgischen Leichenträger, und sich oft so schnell herumzudrehn, daß der arme Schleppenträger sehr fest auf seinen Füßen sein mußte, wenn er nicht an die Wand geschleudert sein wollte. Alle hatten den Dienst, seiner großen Schwierigkeiten ungeachtet, mit vielem Verstand und Klugheit ohne Leibesschaden verrichtet; nur dieser einzige, der von etwas melancholischem Temperamente war, wollte Gewalt brauchen, wo andre kaum mit Klugheit auskamen. Er hatte die Verwegenheit, daß er die Prinzessin mit der Schleppe (in allen Ehren gesprochen) wie ein Pferd mit dem Zügel lenkte; sooft sie von der geraden Linie abweichen wollte, zog er sie so unsanft von der Abweichung zurück, daß es keine Naht am Kleide bei ihm aushalten konnte. Wegen ihrer ungemeinen Lebhaftigkeit bemerkte die Prinzessin die Bosheit nicht eher als eines Nachmittags, da sie von der Tafel ging; sie wollte plötzlich eine von ihren Pirouetten machen; krack! schleuderte sie der misanthropische Schleppenträger in einem Wirbel herum, daß sie gerade wieder auf den Fleck sah, wohin sie vorher gesehn hatte. Die Dame war eben nicht in ihrer Festtagslaune und überhaupt ein wenig griesgramig, wie schon ihr Name beweist; sie versetzte also dem Verwegnen rückwärts mit dem spitzen Absatze ihrer gestickten Schuhe einen Stoß, daß er zu Boden stürzte und vor Schrecken nicht einmal ach und weh schreien konnte; sie hatte den empfindlichsten Teil seines Leibes und seiner Ehre getroffen, und er mußte also aus einem doppelten Grunde beleidigt sein. Er verließ den Hof und schwur, die Beleidigung nicht anders als mit Blute zu rächen; indem er an der Grenze des Reichs überlegte, wie er das machen sollte, hörte er von dem Verluste des Prinzen Alfabeta. »Was?« sagte der Rachsüchtige. »Wäre der Prinz Alfabeta nicht König von Butam? Hätte er sich nicht vor drei viertel Jahren mit der Königin Ypsilon vermählt?« – Man lachte ihm ins Gesicht über seine Fragen und hielt ihn für einen Verrückten, der dem Tollhause entlaufen wäre; der Page versicherte sie mit vieler Hitze, daß er selbst bei der Vermählung gewesen wäre; nun ging erst das Gelächter recht an; da er aber hartnäckig auf seiner Meinung bestand, so ließ man ihn gehn und bedauerte, daß ein so hübscher Mensch so frühzeitig um seinen Menschenverstand gekommen wäre.

Dem Pagen schien gleichwohl die Sache verdächtig, und er ging daher an den Hof des Prinzen, um sich genauer zu unterrichten; hatte er sich jemals gewundert, so tat er's itzt, da er den Prinzen Alfabeta hier erblickte, den er bisher alle Tage als König von Butam gesehn zu haben glaubte. Er entdeckte den Diebstahl um soviel lieber, weil es ihm eine Gelegenheit zur Befriedigung seiner Rachbegierde zu sein schien. Der Prinz war von sanftem Gemüt und wollte erst die Güte versuchen; er schickte zwei Gesandte zum Könige von Butam, ließ ihn manierlich grüßen und geziemend um die Auslieferung seiner Physiognomie ersuchen. »Was?« fuhr der König von Butam bei der Audienz der Gesandten zornig auf. »Ich hätte des Prinzen Alfabeta Physiognomie entwendet? – Himmel und Erde! Als wenn wir hierzulande nicht selbst Physiognomien hätten, daß wir erst dem Herrn Prinzen seine stehlen müßten, um wie rechtschaffene Menschen auszusehn.«

Die Gesandten, da sie durch Güte nichts ausrichteten, entschuldigten sich sehr höflich, daß sie also dem Befehl ihres Herrn nachleben und den Krieg ankündigen müßten. »Mir, dem Könige von Butam, mir kündigt der Prinz Alfabeta den Krieg an?« rief der König, zog aus der Tasche seine goldne Dose und schlug darauf. »Er komme, der Herr Prinz! er komme! Es wird mir viel Ehre sein, ihm und seinen Soldaten die Kehlen abschneiden zu lassen.« Um die Gesandten, die er für nichts Besseres als Betrüger hielt, wegen ihrer Dreistigkeit zu bestrafen, ließ er sie bis an die Grenze führen und ihnen bei jedem Dorfe, durch welches sie gingen, fünfundzwanzig Rutenhiebe auf das bloße Hintergebäude ihres Leibes geben; beide litten Schmerz und Beschimpfung mit der wahren Standhaftigkeit eines Weisen und machten bei den Hieben eine Miene, als wenn sie Konfekt äßen.

Der Prinz erzürnte sich gewaltig über eine so offenbare Verletzung des Völkerrechts, die allein schon einen Krieg wert gewesen wäre, und machte sogleich Anstalt, seine Physiognomie mit Feuer und Schwert wiederzuerobern, und dreist durch die Gerechtigkeit seiner Sache, zog er mit seinem Heer aus.

Der König von Butam besäete indessen alle Äcker seines Reichs aus der goldnen Büchse; die Saat ging gut auf und trug recht brave Riesen. Als der Prinz Alfabeta die unmenschlichen Kerle und die ungeheure Menge Truppen erblickte, sank ihm der Mut, und er wurde gewiß vor Schrecken blaß, wenn er seine Physiognomie schon wieder hatte. Was wollt er gleichwohl tun? Er nahm seinen ganzen Rest von Mut zusammen, hielt eine wohlgesetzte Rede an seine Soldaten, denen vor Angst die Zähne klapperten, daß sie wegen des Geräusches kein Wort von der Rede hören konnten, und ob sie gleich nichts verstanden hatten, so fand er doch zu seiner Beruhigung, daß ihre Tapferkeit und Streitbegierde auf seine Ermunterung sichtbar zunahm. Die Schlacht ging an; ach, ihr armen Soldaten des Prinzen Alfabeta, wie ging es euch! Die Riesen zogen nicht einmal die Säbel, taten nicht einmal einen Schuß, sondern fingen die Feinde mit den Zähnen, wie die Katze die Mäuse, zerbrachen ihnen

das Genick und speisten sie lebendig auf, wie ein Hecht einen Weiß-
fisch verschluckt. Der Prinz merkte bei guter Zeit, daß man bei solchen Leuten seines Lebens nicht sicher war, machte rechtsum und
entkam den Barbaren, die sich kein Gewissen machten, ihre Ne-
benmenschen lebendig zu verschlingen; er kam zwar ziemlich er-
schrocken und abgemattet, aber doch glücklich mit allen seinen
gesunden Gliedmaßen im Schlosse an und ließ gern seine Physiognomie unerobert.

Aufgemuntert durch das Glück seiner Waffen, verfolgte der König von Butam seinen Sieg, nahm das ganze Land des Prinzen ein
und ihn selbst gefangen; er hielt einen Siegseinzug in seiner Residenz und wurde mit allgemeinem Frohlocken bewillkommt. Er war
zwar nicht wenig besorgt, daß eine so große Armee allen Raum in
seinem Reiche wegnehmen, Ackerbau und Viehweide hindern und
dadurch Teurung und endlich gar Hungersnot erzeugen würde,
allein das Schicksal endigte seine Sorge in wenigen Wochen. Diese
Karaiben, die ohne Grausamkeit keine Minute hinbringen konnten,
rieben sich untereinander selbst auf, da ihnen die Feinde fehlten;
einer fraß den andern, und der letzte starb an einer tiefen Wunde,
die ihm ein solches Ungeheuer mit seinen scharfen Zähnen in die
rechte Brust versetzt hatte.

Zweites Buch

Der König von Butam war zu glücklich, um es lange zu bleiben; bei so vielen und großen Freuden dachte er an keinen Überdruß, und der Zeitpunkt, wo er seine Beschützerin von der Strafe befreien sollte, nahte sehr heran. Ihre heimtückischen Schwestern sahen es mit Unwillen und hielten deswegen einen Reichstag auf dem Brocken, um zu beratschlagen, wie sie die Befreiung einer Schwester hindern sollten, die ihnen wegen ihres guten Herzens verhaßt war. Die Hexe *Schabernack*, die gefährlichste und schlauste unter allen, blies zuerst Lärm; sie war Statthalterin des Weltteils, worinne das Königreich Butam lag.

> Sie setzt ihr Horn wie rasend an den Mund,
> Und in dem ganzen Erdenrund
> Erschallt der fürchterlichste Ton:
> Der Walfisch horcht im Nord mit aufgesperrtem Rachen;
> Des Südpols Eisgebirge krachen;
> Der Wolkenraum erbebt vor diesem Schreckenston.
> Kaum dringt er in der Schwestern Ohren,
> So fodert jede gleich die Stiefeln, Peitsch und Sporen;
> Und ohne weitres Aufgebot
> Sitzt wie auf *einem* Zug in jedem Teil der Erde
> Im Augenblick der Hexen Schar zu Pferde.
> Der Erdbewohner sieht mit Angst den Himmel rot
> Von langgestreiftem Feuer glühen;
> Der Landmann ruft: »Die Hexen ziehen.«
> Leichtsinnig glaubt der Philosoph ihm nicht,
> Will klüger sein und nennt's ein nördlich Licht;
> Doch wer durchs Denken sich nicht Schaden tat am Glauben,
> Der hört wohl in der Luft genau die Rosse schnauben.

> Zuerst erreicht den tiefbeschneiten Berg
> Ein Schwarm von Nordens Zauberinnen,
> Sibiriens und Grönlands Herrscherinnen,
> Geführt von einem braunen Zwerg,
> Den ein genäschig Weib – so lehret Grönlands Sage –
> Von einem Walfisch einst gebar.

Von Trane glänzend, fliegt wie ein Komet sein Haar;
Ein Fischbein schwingt sein Arm, und unter seinem Schlage
Schießt schneller als ein Pfeil der Seehund, der ihn trägt,
Daß um ihn her wie Staub die Wolken stieben.
Ihm folgt, in jeder Reihe sieben,
Der Zaubertrupp; hier zieht, nie angeregt,
Ein Rentier flügelschnell, ein Meerschwein dort den Schlitten.
Mit Tran zum Labetrunk gefüllt, umgürtet mitten
Ein dicker Schlauch den Pelz, der die Matronen ganz
Vom Kopf zu Fuße deckt, Erkältung zu verhüten;
Den Scheitel ziert ein ungeheurer Kranz
Von Gräten schön gewebt. Zwei Chöre wüten
In wildem Tanze nebenher;
Die rauhe Trommel schallt, die Muschelschalen schmettern,
Als brüllte Löw, als brummte Bär,
Als zitterte die Luft von zwanzig Donnerwettern,
Tönt fürchterlich, aus hohler Brust geheult,
Das Zauberlied.

   Zunächst nach ihnen eilt
Das große Heer herbei, das unter allen Zonen
Die kupferfarbnen Nationen
Der Neuen Welt beherrscht. Pizarros Seele ritt
Mit blutendem zerrißnen Beine
Als Postillion voran auf einem Stachelschweine,
Für alles, was von ihm der Peruaner litt,
Verdammt zu dieser Pflicht. O welcher wüste Haufen,
Welch scheckiges Gemisch ohn Ordnung folgt ihm nach!
Die einen tummeln sich auf Schlangen, andre laufen,
Der eine Kopf ist rund, der andre flach,
Der dritte spitz und ein Quadrat der vierte;
Die eine schwingt die Streitaxt mit Geschrei,
Als wenn sie in die Schlacht Huronen führte;
Die andre ritzt die blut'ge Wang entzwei
Und dreht in engem Kreis die schweißbenetzten Glieder;
Hier blökt ein wilder Schwarm aus vollem Halse Lieder,
Bis das gepreßte Blut die Backen kirschbraun färbt;
Dort spritzt in Stern und Mond, die sich mit Abscheu wenden,
Ein andrer dampfend Blut mit vollgeschöpften Händen;

Hier schleicht ein nackter Trupp, an Hüft und Brust gekerbt,
Mit tiefgesenktem Kopf und fürchterlichem Brummen;
Dort tanzen Mütterchen mit rotgemaltem Steiß.
Wohin ihr Zug sich lenkt, stürzt vom Gebirg das Eis
Zerberstend in das Tal; die Winde selbst verstummen;
Mit Todesangst verkriecht sich Mensch und Wurm.

Des Brockens tiefbeschneiter Gipfel
Bebt unter ihnen kaum, so schüttelt schon ein Sturm
Auf dem Gebirg umher der Eichen alte Wipfel
Und meldet sausend schon den dritten Haufen an.
Er kam vom warmen Morgenlande,
Wo der Chineser Tee aus buntem Porzellan
Mit stillem Ernste schlurft, von dem erhitzten Sande
Des weiten Afrikas, wo dem geglänzten Mohr
Der Sonne nahe Glut die breite Nase senget
Und wo vor einen Ort – man sag ihn sich ins Ohr –
Der Hottentottin die Natur ein Schürzchen hänget.[3]
Ein toller Heiliger, der durch des Betens Kraft
Den Weibern Fruchtbarkeit, den Männern Stärke schafft[4],
Lief vor dem Trupp als Laufer her und schwenkte
Um den entblößten Leib die Geißel, daß sein Blut
Die Wolken, wo er ging, mit roten Strömen tränkte.
Was Schwärmerei, was finstre heil'ge Wut
Ersinnen kann, sein eignes Fleisch zu quälen,
Das sieht man hier. Ein tolles Weib
Ließ voll Begeistrung sich den Leib
So rein, wie einen Apfel, schälen
Und trägt an einer Stang ihr eignes totes Fell.
Man folgt mit Toben der flatternden Fahne,
Man drängt sich, man beißt sich mit gierigem Zahne,
Man ritzet und dreht in taumelnden Sprüngen sich schnell.

---

[3] Der Verfasser folgt hier einem Irrtume, der in der Naturgeschichte des Menschen schon längst verschrien ist; allein er hat sich selbst dafür strafen müssen, denn er machte unvermeidlicherweise einen Vers, der den Artikel (die Natur) zur Zäsur hat.

[4] Dergleichen es im Orient und besonders in Ägypten viele gibt. Man sehe Nordens »Reise nach Ägypten.«

»Platz!« schallt es plötzlich durch die Lüfte;
Gleich wird der Berg wie Tag von tausend Fackeln hell;
Es füllen ihn des Weihrauchs süße Düfte,
Und leise tönt der lieblichste Gesang.
Da kommt mit feierlichem Gang,
Mit Kränzen auf dem Haupt und in den Händen Kerzen
Im schwarzen Totenkleid die ungezählte Schar,
Die unter Millionen Schmerzen
In Gallien auf dem Altar
Des rohen Aberglaubens brannte,
Die Teutschland zum Schafott als Zauberinnen sandte,
Die sich in Spanien zur Zauberei bekannte,
Der Folter durch die Flammen zu entgehn.
Zum Lohn des Märtyrtods genießen sie die Ehre,
Sich über alle zu erhöhn.
Sie sind umringt von einem großen Heere
Trabanten in Kalott und Skapulier;
Die heil'gen Väter sind's, durch deren Rachbegier
Der Pater Grandier[5] im Scheiterhaufen flammte,
Weil er die Wunder frech verdammte,
Die doch ein Kloster tat. Wie haun
Ins Zaubervolk hinein die schwarzen Pfaffen,
Dem langen Zuge Platz zu schaffen,
Den alle still in tiefer Ehrfurcht schaun!

Die ehrwürdige Schar nimmt mit den Obersten jedes Weltteils ihre Sitze ein; das Volk lagert sich im Schnee; die schwarzen Trabanten gebieten Stillschweigen, und die Hexe Schabernack tritt auf, um ihren Vortrag an die Versammlung zu tun; sie hustet dreimal und beginnt in Hexametern, die der Kanzleistil auf dem Brocken bei allen öffentlichen Reden erfodert:

Schwestern, die ihr durch Kunst die Herzen der Menschen regieret,
Sie zu Wünschen entflammt, sie von Leidenschaften hinweglenkt,

---

[5] Grandier, ein Geistlicher, der den Nonnen eines Klosters in Frankreich schuld gab, daß sie die Wunder, die eigentlich Betrügereien waren, mit Hülfe des Teufels täten, und da man eine solche Beschuldigung nicht gern auf sich sitzen läßt, so wurde er zu ewiger Widerlegung verbrannt.

Hört mich mit willigem Ohr! Gerecht beschlossen wir letzthin
Mit einmütigem Spruch, die Verwegne von uns zu stoßen,
Die des Schicksals ew'ges Gesetz aus weichlichem Mitleid
Störte; sie büßet in Qual; doch bald wird die Strafe sich enden,
Wenn ihr der Listigen nicht mit schneller Entschließung zuvor-
kommt.
Soll ein Sterblicher sich im Arm des Vergnügens ergötzen
Und der Ekel ihn nie mit leisem Schritte beschleichen? –
In das flammende Herz des Verliebten gießen wir plötzlich
Einen löschenden Strom; mit gesättigter Liebe verschmähen
Männer die Weiber; des Ehrbegierigen Seele, den Abgrund,
Überfüllen wir oft; wir verwandeln die köstlichsten Speisen
In ein ekelndes Gift dem genäschigen Gaume, die Reize
Jedes Sinnes in Wollust, in Langeweile das Denken
Und nicht selten in Last den Odem des Lebens, und Butams
Glücklicher König allein soll nicht dem Gesetze gehorchen? –
Nein, ich dulde das nicht; ich will in geborgten Gestalten
Seinem Palaste mich nahn und durch mannigfaltige Listen
Seiner Freude den Tod bereiten. Wofern ihr des Ordens
Ansehn nicht hasset, so gebt mir unbeschränkende Vollmacht.

Das letzte Wort war noch nicht völlig ausgesprochen, so schallte
ihr schon ein vollstimmiges »Ja« in allen Sprachen des Erdbodens
entgegen; sie begab sich an ihren Platz, und die Versammlung entschied noch einige wichtige Angelegenheiten. Der größte Teil des
gemeinen Haufens murrte, daß unter den Menschen Orthodoxie
und Ketzerei bald aus der Mode kommen sollten und daß bald
keiner dem andern um seines Glaubens willen einen Ritz in den
Finger schneiden würde, denn sie sahen die Veränderungen unsers
Jahrhunderts voraus. Die Hexen aus gewissen Gegenden Teutsch-
lands, wo es itzt noch Hexen gibt, brüsteten sich bei dieser Gelegenheit nicht wenig, daß bei ihnen die naseweise Freiheit im Denken und Schreiben noch lange unter die geistliche Konterbande
gehören würde, und eine portugiesische Nonne verlas ein lateini-
sches Lobgedicht auf die Inquisition, allein es fand keinen Beifall,
weil man schon damals auf dem Brocken vom Geschmack an geistlichen Inquisitionen zurückgekommen war.

Der Tag brach an, und die Versammlung trennte sich; die Hexe Schabernack eilte vermöge ihrer Vollmacht zum Palaste des Königs von Butam und fuhr in die Leibkatze der Prinzessin Friß-mich-nicht. Das Tier kam seiner Gebieterin ganz anders vor, seitdem die Hexe darinne steckte; es schnurrte nicht mehr, verlor ganz seinen vorigen guten Charakter, kratzte und biß, wenn man es anrührte, und fing endlich gar an zu reden. So etwas hätte selbst einen Philosophen in Verwirrung bringen können, und die Prinzessin, ob sie gleich keine Philosophin war, urteilte doch sehr scharfsinnig, daß dieser Vorfall nicht ganz nach dem Laufe der Natur geschähe, und schloß daher sehr richtig, daß Hexerei dabei vorgehn müßte.

»Große Prinzessin«, sprach die Katze, »der König liebt dich nicht, und du bist ihm gram. Ich will dir helfen, ihm einen Possen spielen. Sooft du willst, daß ihm etwas Unangenehmes begegnen soll, so sage ›Kak‹, und du wirst deine Freude an seiner Unruhe sehn.«

Von da begab sie sich zum Bruder, dem Prinzen, und sagte ihm: »Erhabner Prinz, du liebst den König, und der König ist dir gewogen; du wünschest täglich, daß es ihm wohlgehn mag; ich will deine Freude vermehren. Sooft du einen solchen Wunsch für den König tust, so sage ›Kak‹, und er soll sogleich erfüllt werden.«

Zuletzt ging sie auch zur Königin. »Huldreichste Monarchin«, fing sie an, »du liebst deinen Gemahl zuweilen, und er ist dir mann-ichmal auch nicht ungeneigt; du hast oft Langeweile bei ihm und er nicht selten bei dir. Sooft du ihm und dir ein Vergnügen wünschest, so sage ›Kak‹, und er muß dir's schaffen.«

Die listige Hexe verließ ihre Wohnung und setzte sich auf die Feueresse, um die Wirkung ihrer Bosheit zu sehn. – Die arme Katze kam am schlimmsten dabei weg, denn zum großen Leidwesen der Prinzessin starb sie auf der Stelle von der Einquartierung.

Die Prinzessin, die sich's nicht zweimal sagen ließ, wenn sie einen Possen spielen sollte, begab sich sogleich ins Vorgemach des Kö-nigs; der Prinz eilte aus gutem Herze eben dahin, um geschwind dem Könige etwas Gutes zu wünschen. »Kak«, rief die Prinzessin, »Kak«, rief der Prinz, und in der Minute legte jedes ein Ei; sie sahen sich voll Verwundrung an. »Kak, kak, kak«, schrie die Prinzessin. »Wird denn das verwünschte Eierlegen bald aufhören? Da sind schon wieder drei Stück.« Sie rief voll Zorn: »Kak, kak, kak«, und je mehr sie rief, desto mehr legte sie Eier, desto mehr verwünschte sie die Eier, stampfte, schimpfte auf die Hexe, die ihr den Streich spielte, und mußte von neuem rufen und von neuem Eier legen. Der Prinz, der von einem viel sanftern Temperamente war, verrichtete sein Geschäfte mit vieler Gelassenheit, sprach sehr gutmütig: »Kak«, und sagte mit ebenso gutmütigem Tone, wenn er sich umsah: »Schon wieder ein Ei?«

Die Prinzessin wurde immer heftiger und warf endlich vor Grimm alle ihre Eier an die Wand; sie rollten unter die Produkte des Prinzen, eins stieß an das andere, alle brachen entzwei. Und welches Wunder! aus jedem Dotter wurde ein Mensch, und jeder dieser Menschen war einer von dem Heere, das ehmals die Vorgemächer bevölkerte, da die Großen noch der Etikette frönten und die Fesseln des Zeremoniells noch nicht zerbrochen hatten wie itzt. Großtürsteher, Großschlüsselbewahrer, Großkleiderkammermeister und wie sie weiter hießen, und

> Alle standen chapeau bas
> Frisch gepudert, scharf geschultert da.

Jeder ging an seinen Posten, der Prinz und die Prinzessin in ihre Zimmer und begriffen nicht, was aus dem Wunderwerke werden sollte.

Der König wollte auf die Jagd gehn und glaubte noch wie sonst Herr seines Willens zu sein; er gab Befehl; der Befehl wurde dem obersten Stallmeister überbracht und brauchte eine ganze Stunde, eh er von diesem durch alle mittlere Instanzen zu dem Reitknechte hindurchkam, der das Pferd vorführen sollte; ebenso viele Zeit brauchte er, um sich von dem ersten Oberjägermeister bis zu dem niedrigsten Jagdburschen durchzuschlagen, der mitreiten mußte, und zwei ganze Stunden wurden erfodert, ehe die Verordnung des ersten Marschalls zu allen gelangte, in welcher Uniform jeder sich einfinden sollte, der zur Begleitung bestimmt war. Der König verging beinahe vor Verdruß; er sah mit Verwunderung vom Fenster, daß sich eine Menge Pferde versammelten, als wenn er in den Krieg ziehen wollte. Die Begleitung wartete im ersten Vorgemache, aber niemand konnte zum König und der König nicht heraus; alle Türen waren verschlossen und der Großtürbewahrer noch nicht da, der den Schlüssel dazu hatte. Er kam endlich, und vier Stunden, nachdem der Befehl aus dem Munde des Königs gegangen war, brach der Zug auf.[6]

Es ließen sich Fremde vorstellen, und der König sprach mit ihnen, wie ein Mensch von Verstande mit einem Menschen von Verstande, offen, lebhaft, ohne Zwang. Als er sie von sich gelassen hatte, tat ihm der Großfremdenvorsteller einen Vortrag, worin er ihm die Erinnerung gab, daß Ihre Majestät bei der Audienz wider die Regel der Etikette verstoßen und mehr gesprochen hätten, als einem Monarchen anständig wäre. Der König fragte lachend, was einem Monarchen nach seiner Etikette anständiger wäre zu sprechen? »Nichts«, antwortete jener, »als zwei Fragen, eine über den Weg, die andre über die Gesundheit.« – »Ich will reden wie ein Mensch, der zu reden weiß und bei Leuten, mit denen er spricht, Unterricht oder Vergnügen sucht«, sagte der König unwillig. »Hat denn ein Klotz mehr Würde als ein Mensch?« – Durch diese unbedachtsame Rede tat er sich vielen Schaden bei den Großen des Reichs; denn sie waren nicht unzufrieden, *daß* er redte, sondern daß er mit jemand außer ihnen sprach; es entstand allgemeines Murren.

Der König wollte eine von seinen vorigen Freigebigkeiten ausüben und griff nach seinem grünen Sacke; wo war er? Der Großsackbewahrer hatte ihn unter seine Aufsicht genommen. Umsonst befahl der König, ihn auszuliefern; der Verwahrer desselben behauptete, daß allein ihm das Recht zukäme, die Auszahlungen aus dem Sacke zu tun; auch dies ließ sich der König gefallen, aber sooft er Befehl zu einer gab, so machte der Sackbewahrer so viele Gegenvorstellungen und Einwendungen, wenn er keine Lust dazu hatte, daß eigentlich nicht mehr der König, sondern sein Sackbewahrer Gnaden austeilte und daß sie daher nicht der Verdienstvolle bekam, sondern wer vor diesem Herrn am besten kriechen konnte.

---

[6] Diese sonderbare Etikette war noch zu Anfange dieses Jahrhunderts in Spanien gewöhnlich: Le Roi, voulant aller à la chasse, avait donné l'ordre à son porte-arquebuse pour deux heures. Les personnes de sa suite se rendirent au palais: elles croyaient entrer dans l'appartement: mais celui qui avait droit d'en fermer les portes, ne parut qu'à trois heures. Il fallut que le roi attendit comme les autres. Les grands jouissaient de privilèges que maintenait la sévérité de l'étiquette: on tenait par-là le Monarque en quelque sorte reclus, excepté pour eux. »Mémoires politiques«, T. 2, p. 28.

Nicht besser ging es mit dem roten Nachtstuhl und der goldnen Büchse; der König wollte täglich, befahl täglich, und niemals wurde sein Wille, niemals sein Befehl erfüllt; er war nichts als eine Puppe, die den König vorstellte, die Ehre des Monarchen genoß und den Willen der Großen unterzeichnete.

Er klagte seiner Gemahlin seine Not, wie sehr er in Vormundschaft geraten wäre und wie wenig er sich davon befreien könnte; sie erinnerte sich an den Rat der Katze und antwortete ihm nichts als »Kak«. Sie vermutete, daß sich auf dieses Wort alle Vergnügen der Erde um sie her versammeln würden; aber es geschah nichts. Sie wiederholte den Ausruf zum zweiten, zum dritten Male: Es geschah nichts. Verdrießlich schmähte sie schon bei sich auf die betrügerische Hexe, als sie von ungefähr ihren Gemahl anblickte und in seinem Gesicht eine ungewöhnliche Munterkeit wahrnahm, die immer mehr wuchs, je länger sie ihn ansah, und sich endlich so sehr vergrößerte, daß er sich des Tanzens nicht enthalten konnte; er faßte sie bei der Hand, sang eine Bourrée und sprang mit ihr herum, daß sie beide zuletzt atemlos auf die Ottomane sanken. Er machte noch denselben Tag Anstalt, Opern, Seiltänzer, Virtuosen auf allen Instrumenten, Schauspieler, Kastraten, Sängerinnen, Taschenspieler und tausend andere edle und unedle Künstler in Dienste zu nehmen, und der Sackbewahrer, der wohl wußte, was es bedeutet, wenn der Monarch sich ganz auf die Seite des Vergnügens lenkt, machte diesmal nicht eine einzige Einwendung. Er schrieb mit eigener Hand an alle Orte, um das Vortreffliche in jeder Art des Vergnügens am Hofe des Königs zu versammeln; Operntheater wurden gebaut, worauf ein ganzes Regiment manövrieren konnte, Redoutensäle von ungeheurer Größe, Amphitheater zu Tiergefechten, alles so groß und prächtig, als es die Imagination des Baumeisters zu ersinnen vermochte. Vom Morgen bis zum Abend tat man nichts, als daß man von Vergnügen zu Vergnügen eilte.

Kaum öffnete der Tag die Augenlider,
So hallte schon der Wald vom Jägerrufe wider.
Mit wildem Schreien treibt aus dem Gebüsch ins Feld,
Von hohen Wänden weit umstellt,
Ein Bauernchor das scheue Wild. Dort schreitet
Mit schwankendem Geweih der sichre Hirsch hervor

Und bleibt mit Staunen stehn; er reckt den Hals empor
Und ahndet keinen Tod. Ihm folgt, von ihm geleitet,
Ein endenreicher Trupp in langen Reihen nach.
Der Büchse Donner schallt, der dreiste Führer sinkt.
Die bange Schar, zum Fliehn vor Schrecken schwach,
Sieht bebend, wie sein Blut der durst'ge Rasen trinkt.
Der zweite Schuß pfeift durch die Luft und streckt
Den zweiten hin. Wie springt der geängstete Haufen,
Dem drohenden Tod zu entlaufen!
Und findet ihn, wo er am wenigsten schreckt.
Hier hebt sich, über die Schranken zu hüpfen,
Ein Mut'ger empor und stürzt verwundet herab;
Ein andrer gräbt, darunter wegzuschlüpfen,
Sich listig einen Weg und gräbt sich sein Grab.
Ihr Toren flieht umsonst; was kann euch Schutz gewähren?
Der Mensch ist euer Feind, aufs Rauben nur bedacht,
Den nicht wie den empfindungsvollern Bären
Der Mangel bloß, den selbst die Lust zum Mörder macht.

Das blut'ge Schauspiel ist vollbracht;
Man übersieht mit Stolz die totenvolle Szene.
Mit schallendem Triumphgetöne
Verläßt man sie und eilt, bei einem reichen Mahl
Die Heldentaten zu erzählen.
Man kehret zum Palast, ein andres Kleid zu wählen,
Und neugeschmückt erscheint man festlich in dem Saal,
Wo auf dem vollen Tisch aus Meere, Luft und Garten,
Aus Süd und Ost die schönsten Leckerein
In tiefstudierter Ordnung warten,
Mit gleichem Reize Gaum und Auge zu erfreun.
Hier brüstet sich, aus buntem Teig geschaffen,
Ein spiegelreicher Pfau, den niemand essen mag;
Gleich uneßbar und gleich bewundert, gaffen
Auf einem Berg von Moos mit ausgeholtem Schlag,
Der niemals treffen wird, zwei Äffchen wild sich an.
Ein Entenvölkchen schwimmt auf einem See von Brühe;
An steilen Alpen klettern Kühe
Zum Gipfel, voller Schnee von Eierweiß, hinan;
Ein Eber lauscht mit scharfgewetztem Zahn

In einem Eichenwald von Petersil und Mandeln.
Kein Essen, das die Kunst in fremde Form nicht zwang!
Die Kunst, mit der Natur in ew'gem Zank,
Ließ Fisch' in Vögel sich verwandeln,
Schuf aus des Hasen Fleisch des Löwen furchtbar Bild.
Bewundert ist die Pracht, der Appetit gestillt,
Die ganze Jagd erzählt, die Unterhaltung trocken.
»Was?« ruft der König aus und hält die Uhr
Mit Schrecken in der Hand, »beim zweiten Gange nur
Und doch so spät? Die Hunde locken
Den Fuchs zum schweren Kampf.« Er sagt's und springt empor,
Die edle Zeit mit Klugheit einzuteilen
Und nicht bei *einer* Lust zu lange zu verweilen,
Wenn eine neue ruft. Ihm folgt der ganze Chor
Der satten Esser nach. Trompet' und Pauken schallen;
Die Schranken öffnen sich, und unaufhaltsam fallen
Den langgeschwänzten Fuchs die Hunde bellend an.
Sie bellen, und er beißt, sie beißen, und er schreit;
Er wehrt sich, flieht und – stirbt, sobald er keins mehr kann.
Doch, Muse, tut dir's nicht um deine Verse leid?
Verschwende sie an keine Grausamkeit!
Die Lust, die eines Tiers gequälter Tod gewährt,
Ist keines einz'gen Verses wert.

Schon lange laurt im Opernsaal die Menge,
Bricht Bänk' und Arm' entzwei in drückendem Gedränge
Und wünscht mit Ungeduld den Füchsen schnellen Tod,
In Hoffnung länger nicht zu schmachten.
Itzt rollt der Pauke Lärm daher, und tobend droht
Der Sinfonie Geräusch mit Krieg und blut'gen Schlachten.
Der Vorhang rauscht, und schnell wird alles Ohr.
Vom Schauplatz tönt ein stimmenvoller Chor
Mit feierlicher Pracht durch den gewölbten Saal
Und drückt dem Herz mit tiefen Zügen
Erstaunen ein. Ein Held, gekrönt mit Siegen,
Kehrt mit dem Heer zurück; er legt den blut'gen Stahl
In der Geliebten Schoß und weiht sich Amors Kriegen.
Kühn, wie ein leichter Gems durch Schweizerklippen hüpft,
Springt eine Meisterhand in labyrinthschen Gängen

Die Silbersaiten durch; gewälzt wie Wellen drängen
Die Töne bald sich rauschend fort, bald schlüpft
Der schleichende Gesang hernieder – und erlischt,
Wie ein verliebter West um eine Tulpe wirbt,
Sie sanft berührt und dann mit leisem Seufzer stirbt.
Wie von des Frühlings Hauch zum Leben angefrischt,
Die Lerche wirbelnd steigt und in den Wolken schlägt,
So steigt und sinket durch der Töne Leiter
Ein tönender Sopran in leichten Trillern weiter
Empor, als selbst Apollens Lyra trägt.
Durch ungetreue Lieb in Raserei versenkt,
Tobt die Prinzessin dort, daß Schlepp und Kleid sich schwenkt;
Zorn brauset im Gesang, daß jede Nerve bebt,
Wenn die Beleidigte den Dolch zur Brust erhebt.
Die Heere ziehn, die Schilde klirren,
Der Donner rollt, am Himmel irren
Die Blitze kreuzend hin; im Augenblick
Wird der Palast zum Hain, der Hain zur öden Wüste,
Die Wildnis eine Flur und durch ein Zauberstück
Ein Tempel aus der Flur. Ein schwebendes Gerüste,
Mit Wolken reich behängt, mit Lampen schön erhellt,
Trägt einen Gott herab, der seine Majestät
Mit banger Furcht vergißt, sich nach den Stricken dreht
Und ängstlich sorgt, daß nicht die Wolkenkutsche fällt
Und er den Götterhals auf seiner Reise bricht;
Doch langt er glücklich an, dann kommt in sein Gesicht
Die Gottheit gleich zurück, und furchtbar ist's zu sehn,
Wie er die Welt mit Blick und Trillern itzt erschüttert,
Daß sie vor ihm, wie er vor seiner Reise, zittert.
Das Opfer flammt, die Priester flehn,
Parterr, nebst Logen, sehnt sich nach dem Abendessen;
Man läßt den Gott, so gut er kann, nach Hause gehn
Und findet, wohl gespeist, die Oper doppelt schön.

Wie? wären bei dem Plan zwölf Stunden Nacht vergessen?
Zu Freuden ungenützt, verschliefe man die Nacht? –
Nein, weislich ward schon längst auf sie gedacht.
Ist nicht im Tanzsaal schon ein buntes Volk versammelt,
Das sein Gesicht mit Wachs und Leinwand deckt,

Mit roten Wangen prahlt, mit Riesennasen schreckt,
Oft durch die schwarze Mask ein schönes Auge steckt,
Bald stumm durch Zeichen spricht, bald lispelt oder stammelt?
Rauscht die Musik nicht schon mit wilder Fröhlichkeit?
Wie schwebt die Perserin dort mit beflügeltem Schritte,
Leichtfliegend und sanft wie ihr flatterndes Kleid!
Wie schielt sie bei jedem gemessenen Tritte
Nach lächelndem Beifall herum!
Ein krummgebückter Greis wirft seines Alters Bürde
Gleich einer Feder ab und dreht wie ein Jüngling sich um;
Ein Pfarr' vergißt auf einmal Ernst und Würde
Und schwenkt sich profan wie ein Weltkind herum;
Der eine hat Witz, der andre Biskuit zu verschenken,
Mit Spott ergötzt sich der eine, der andre mit Schwänken.
Kein einz'ger, der sich nicht in der falschen Rolle gefällt,
Nicht seine wahre mit Freuden vergißt!
Das bunte Volk ist ganz das Bild der Welt;
Ein jeder scheint, was er nicht ist.

So ging es Tag für Tag; aber je mehr die Vergnügen sich drängten, desto geschwinder wurde der König sie überdrüssig. Er gähnte bei der Jagd, er gähnte bei Tische, er gähnte bei der Fuchshetze, er gähnte bei der Oper, er gähnte bei der Redoute, und um das beschwerliche Gähnen nicht zu einer Krankheit werden zu lassen, sann man auf Neuheit.

Das Possenspiel trat auf die Bühne,
An schönen Arien und Albernheiten reich.
In Locken wie ein Schlauch und mit verzerrter Miene
Spielt einem Narren hier ein Närrchen einen Streich.
Der Primadonna Spiel ersetzet an Grimassen,
Was an Verstand den Worten fehlt;
Sie liebt, sie wird betrübt und dann vermählt
Und weiß sich im Final vor Freuden nicht zu fassen.
Man geht heraus; hat viel gehört und nichts gedacht,
Hat alles toll genannt und doch gelacht.

Sobald die Neuheit dieser Possen vorbei war, so fing der König an gewaltiger zu gähnen als jemals; man riet also, sein abgenütztes Vergnügen mit etwas recht Starkem anzufrischen.

Mit Gift und Dolch, mit Tränen und mit Schrecken
Rauscht unter grausem Pomp das Trauerspiel daher,
Das weiche Herz zu Furcht und Mitleid zu erwecken.
Von Ehrgeiz angespornt, ermordet auf Begehr
Der Gattin ein Vasall den Herrn im sichern Schlafe,
Steigt auf den Thron und wird ein gräßlicher Tyrann,
Würgt wie ein Wolf die waffenlosen Schafe,
Minister, General, Freund, Kinder, Weib und Mann.
Doch bald verfolgt den Bösewicht die Strafe;
Die Geister der Erwürgten stehn
Vor ihm im Bett, vor ihm beim Freudenmahle,
Und die erschrocknen Augen sehn
Geronnen Blut im blinkenden Pokale.
Die Hexen kochen das schwarze Gemisch
Der Zaubersuppe, die Luft zu vergiften;
Die Winde sausen mit wildem Gezisch,
Und blasse Tote steigen aus Grüften,
Zu prophezein, daß schon den Dolch die Rache zückt;
Und was geschieht? – Der Wütrich wird zerstückt
Und seine böse Frau verrückt.

»Ach!« rief der König. »Wollt ihr mich denn mit euren schrecklichen Lustbarkeiten ums Leben bringen? Solche abscheuliche Dinge machen schwere Träume. Daß mir in Zukunft kein Mensch mehr auf dem Theater verrückt wird, oder ich laß ihn gleich ins Tollhaus bringen und den Poeten dazu. Können die Leute nichts Lustiges spielen?« – Man gehorchte dem Verlangen.

Ein komisch Spiel durchgaukelte die Szene,
Mit Scherz und Laune Hand in Hand.
Mit Selbstgefallen buhlt die abgelebte Schöne
Und findet jeden dumm, der sie nicht reizend fand;
Der Alte predigt Sittenlehren,
Nennt's Torheit, wenn man liebt, und liebt, wenn's niemand merkt;
Der Geiz'ge läßt vom List'gen sich betören,

Und den Verschwender will der schlechte Wirt bekehren.
Bald gibt, durch muntern Witz gestärkt,
Dem Hohn die beißende Satire
Das *Lächerliche* preis; zu andrer Zeit
Erweckt das *Drollige* den Geist zur Heiterkeit;
Bald malt ein zärtlich Herz in süßer Trunkenheit
Der Liebe Schmerz, der Liebe Seligkeit,
Ein andres die Verlegenheit,
Wenn man vor Liebe brennt und das Geständnis scheut.
Vom Hofmann bis zum Musketiere
Sieht jeder seines Stands Philosophie,
Manieren, Sitten, Sprach in richtiger Kopie.

»Das ist mir recht«, sprach der König, »dabei wollen wir bleiben; das Lächeln macht aufgeräumt, das Lachen guten Schlaf und guten Appetit.«

Als acht Tage vorbei waren, beschwerte er sich, daß ihm etwas fehlte; jedermann war schon bereit, es herbeizuschaffen, sobald er es nennen würde. »So etwas, das Augen und Ohren beschäftigt«, antwortete er, als ihn seine Gemahlin darum befragte. »Der Witz und die Laune sind wohl gute Dinge, aber sie werden's nicht übelnehmen, wenn man sie endlich auch überdrüssig wird.«

Man brachte ein Ringelrennen, ein Feuerwerk, einen Wettlauf in Vorschlag. »Recht so!« war des Königs Antwort. »Das ist gerade meine Sache.«

Laut wiehernd stampft der Hengst im Karussell,
Mit langgestrecktem Galopp durch die staubende Laufbahn zu jagen,
Zum Siege den glänzenden Ritter zu tragen.
Dicht, wie ein Wald vom Strahl der Morgensonne hell,
Geordnet in zwei Reihen, blitzen
Der Lanzen aufgepflanzte Spitzen.
Begierig wartet schon, dem das gezogne Los
Den ersten Lauf bestimmt', aufs langverschobne Zeichen.
Die Pauke schallt, schnell fliegt, wie vom Bogen ein leichtes Geschoß,
Mit wankendem Federbusch Ritter und Roß,

Die Mitte des schwebenden Rings zu erreichen.
Ach! welch ein neidisches Geschick
Lenkt neben ihm vorbei die schwere Lanze?
Ein unglückselig Roß bei allem seinen Glanze,
Kehrt ohne Paukenschall der traur'ge Gaul zurück,
Und seufzend senkt die leere Lanze
Der Ritter mit verschämtem Blick.
Um soviel mutiger durchrennt der zweite
Die Bahn auf einem Roß, durch langen Ruhm bekannt;
Mit ausgestrecktem Arm fliegt ihm das Glück zur Seite
Und lenkt ihm hülfreich Lanz und Hand.
Wie braust der stolze Wallach, da das Eisen
Des abgestochnen Rings am glatten Stahle klirrt
Und im gespitzten Ohr die Siegstrompete schwirrt!
Wie hebt der Sieger sich, wenn alle rings ihn preisen,
Und klatscht den edeln Hals des Pferdes mit Triumph!

Bald wurde für die überfüllten Sinne
Des Königs diese Lust, gleich jeder andern, stumpf.
»Wie säte die Natur die Freuden dünne!«
So seufzt' er oft. »Mit geiler Fruchtbarkeit
Gedeihn Verdruß und Langeweile.«
Der ganze Hof studiert mit Emsigkeit,
Ein Mittel auszuspähn, das diesen Trübsinn heile.
Indessen wird in größter Eile
Ein Feuerwerk hervorgebracht,
Wie seit der Schöpfung keins auf unserm Erdball brannte.
In Gnaden schuf dazu der Himmel eine Nacht
So pechschwarz, daß kein Mensch sich selbst erkannte.

Wald, Ufer, Tal, Gebirge kracht
Von fünfzig donnernden Kanonen.
Am Berge steigt ein feuriger Palast –
Selbst Feen würden gern darinne wohnen –
Wie hergezaubert auf. Dort wälzt sich eine Last
Von Feuer in die Luft mit prasselndem Getümmel;
Raketen speit der flammende Volkan
Zu Tausenden empor; sie bilden einen Himmel,
So sternenreich, daß Venus, Wassermann

Und Großer Bär erlischt. Es prasselt, platzt und kracht –
Weg ist der sternenreiche Himmel,
Geld, Pracht und Lust verdampft und alles finstre Nacht.

Der König geriet außer sich vor Entzücken und verlangte nunmehr zu seiner Glückseligkeit nichts als Feuerwerke; an allen Orten wurden Pulvermühlen angelegt; man ging auf nichts aus, als Schwefel und Salpeter zu entdecken, und die Feuerwerker wünschten sich doppelt so viele Hände, um ihre Arbeit desto geschwinder fodern zu können. Schon bei dem fünften Feuerwerke beschwerte sich der König über Einförmigkeit in den Erfindungen, und das sechste sah er gar nicht.

Da er mit seinem Vergnügen und die Hofleute mit ihrer Erfindsamkeit ganz erschöpft waren, so wandte er sich an seine Akademie und gab ihr den Auftrag, die Erfindung eines neuen Vergnügens zur Preisaufgabe dieses Jahrs zu machen. Es liefen eine Menge Abhandlungen ein: Ein Astronom empfahl die Betrachtung des gestirnten Himmels und die Berechnung der Kometenbahnen; ein Antiquar riet die Entzifferung und Aufsuchung alter Denkmäler an; ein Philosoph behauptete, daß ein Mensch gar keinen Kopf haben müßte, wenn er Langeweile in einer Welt hätte, wo es Metaphysik gäbe; so erteilte jeder seinem Vergnügen den Vorzug und glaubte, daß alle Menschen mit ihm auf einem Wege zur Glückseligkeit gelangen müßten und nur darum nicht dazu gelangten, weil sie einen andern gewählt hätten. »Lauter bekannte Dinge!« rief der König voll Zorn, als man ihm von den eingelaufnen Vorschlägen Bericht erstattete. »Etwas Neues will ich.« – Jeder gestand in Untertänigkeit, daß es ihm unmöglich wäre, dies Verlangen zu erfüllen, weil ... »Ach«, unterbrach sie der König, »beweist mir nur nicht, was ich deutlich genug sehe. Es ist kein Wunder, daß ihr niemals Zeit übrig habt, wenn ihr alles beweist, woran niemand zweifelt. Halt ich mir nicht eine Akademie, die mir so vieles Geld kostet, und doch kann sie mir nicht einmal das Leben erträglich machen.«

Er warf sich verzweiflungsvoll in seinen Armstuhl und beschloß den Genuß des Vergnügens damit, daß er gar keins glaubte. »Wie wohl war mir«, sagte er, »da ich noch in meinem stillen, einsamen Häuschen den Stein der Weisen und die Naturkräfte suchte; ich fand zwar keins von beiden, aber ich war doch durch die eingebildete Hoffnung glücklich, daß ich sie finden würde. Wie ist der Weg des *Genusses* in diesem Leben so kurz! Er führt in einem kleinen Zirkel herum, und mit sechs Schritten ist man wieder an dem Orte, wo der Weg anfing. Ach wär ich noch der weise Kak . . .«

Ohne seinen Willen hatte er in seinem Verdrusse den Ton ausgesprochen, der ihn daraus erretten sollte; das Vögelchen kam auf diesen Ruf herbei, lud ihn auf seine Flügel und führte ihn weit von Butam hinweg zum Schlosse eines teutschen Edelmanns, der nach den damaligen Sitten soviel trinken konnte als zwanzig Sterbliche in unserm gegenwärtigen entkräfteten Menschenalter.

Drittes Buch

Der Herr von *Blunderbuß* lag im tiefsten Schlafe, als sie vor seiner Residenz anlangten, schnarchte und träumte von den Späßen, die ihn des Nachts vorher bei dem Weinglase belustigten. Die Hexe setzte indessen ihren Freund Kakerlak in einem leeren Weinfasse ab, das auf dem Hofe stand, schläferte ihn ein und sann auf Mittel, ihn zu einem noch ungenoßnen Vergnügen geschickt zu machen.

Was sie mit ihm im Sinne hat, läßt sich ohne das mindeste Nachdenken erraten: Er soll den Wein austrinken, den der Herr von Blunderbuß in seinem Keller liegen hat. Die größte Schwierigkeit war nur, wie ihm seine Beschützerin einen so großen Durst beibringen sollte, als zu einem solchen Unternehmen gehörte, da er zeitlebens in allen tierischen Bedürfnissen so mäßig gewesen war, wie es sich von einem Philosophen verlangen läßt, und da er selbst als König von Butam diese Mäßigkeit beibehalten hatte; denn ob er gleich die köstlichsten Weine auf die Tafel setzen ließ, so liebte er sie doch nur als eine Art von Pracht, ohne jemals davon zu trinken.

Das Vögelchen saß vor dem Schlafzimmer des Herrn von Blunderbuß, ernsthaft nachdenkend, und fand kein besseres Mittel zur Ausführung ihres Plans, als daß sie die Seelen der beiden Leute vertauschte. Kakerlaks Seele und Körper, sagte es sich, sind beide so mäßig, daß sie in diesem Schlosse Jahrhunderte wohnen könnten, ohne sich das Vergnügen zunutze zu machen, das hier zu haben ist; aber wenn ich dem mäßigen Körper eine durstige Seele zur Aufsicht gebe, so muß er wohl trinken, er mag wollen oder nicht.

Dies tiefgedachte Urteil beweist, daß die Hexe stark in der Logik sein mußte und daß sie einen scharfen Blick in die Ökonomie des menschlichen Wesens getan hatte. So schnell, als man denkt, hatten die beiden Seelen ihre Wohnhäuser verwechselt, und damit der Blunderbußische Körper nicht etwa Händel anfinge, wenn ihm seine neue Herrschaft nicht anstände, so mußte er mit ihr im Weinfasse sein Quartier nehmen; das Vögelchen begab sich hinweg, sobald die Zauberoperation geschehn war.

Noch nie sah man so deutlich, wie schlimm es in einem Hause hergeht, wenn Herr und Diener nicht zusammenpassen, als da die

Blunderbußische Seele und der Kakerlakische Körper aus dem Bette aufstehn wollten. Sie war von den Dünsten des gestrigen Rausches noch umnebelt; sie merkte wohl, daß im Gehirn um ihr her alles anders war wie sonst, aber ans Nachdenken nicht sonderlich gewohnt, ließ sie sich nichts anfechten, sondern fing an, ihre Maschine in Bewegung zu setzen. Welche Unordnung! Wenn sie ein Bein aufheben wollte, zog sie am Arme; anstatt den Arm zu bewegen, zog sie am Munde; es ging ihr wie einem Puppenspieler, wenn er die Faden verfehlt, womit er seine agierenden Personen regiert. Da sie schlechterdings nicht mit ihm zurechtkommen konnte, ergriff sie die kürzeste Partie und gab ihm einen Stoß, daß er zum Bette herausrollte. Der Bediente des Herrn von Blunderbuß, der diese Art aufzustehn bei seinem Herrn gewohnt war, argwohnte nichts Außerordentliches, sondern kam auf das Geräusch des Falles sehr gelassen herbeigeschritten, seinem Herrn auf die Beine und in einen Stuhl zu verhelfen. Desto größer war sein Erstaunen, da er den gefallnen Körper aufrichtete und eine ganz andere Nase, andere Augen, Hände und Füße und sogar eine kleinere Statur an ihm erblickte, als sein Herr bisher hatte; er konnte mit allem seinen Nachsinnen keine natürliche hinreichende Ursache zu einer solchen Veränderung finden und vermutete daher sehr richtig, daß es nicht mit rechten Dingen zuginge. Die Blunderbußische Seele wollte zu trinken fodern, aber die Kakerlakische Zunge, die der teutschen Sprache nicht mächtig war, brachte nach vielen Verzerrungen des Gesichts ein kauderwälsches Gemisch hervor, das halb aus Teutsch und halb aus der Sprache von Butam zusammengesetzt war. Der Bediente, der keine Silbe verstand, fragte voll Verlegenheit einmal über das andere, und je mehr er fragte, desto mehr übereilte sich die Seele in ihrem Unwillen, desto mehr grimassierte das Gesicht, desto verwirrter sprach die Zunge. »Mein Herr muß besessen sein«, sagte der erschrockene Mensch und eilte mit allen Kräften, den Pater herbeizuholen, der ihn exorzisieren sollte; die arme Seele mußte indessen schmachten und plagte die Maschine ganz jämmerlich, die unter ihrem Befehle stand, wie ein schlechter Reuter ein stätiges Pferd, ohne sie vom Stuhle bewegen zu können.

Der Pater kam an und war gleichfalls über die Veränderung nicht wenig erstaunt, da er den Tag vorher mit einem ganz andern Herrn von Blunderbuß gegessen und getrunken hatte; um nicht zu übereilt zu verfahren, versammelte er seine Brüderschaft aus dem ganzen Umkreise. Ihre Überlegung ging ohne allen Streit und ohne alle Verschiedenheit der Meinungen vonstatten, denn der ganze Synodus traf gleich die Wahrheit und entschied einmütig, daß es nicht mit rechten Dingen zuginge und daß hier nichts als ein recht starker Exorzismus helfen könnte. Sie fingen ihre Beschwörungen an, und je mehr sie dem vermeinten Teufel zusetzten, desto erzürnter tobte die Blunderbußische Seele in ihrer Wohnung herum. Die Beschwörer fuhren unablässig fort und winkten sich mit freudigem Lächeln zu, daß sie nach ihrer Meinung dem bösen Feinde so viel Angst machten; sie beschworen so lange, bis sie müde und hungrig wurden, und beschlossen daher, sich zu Tische zu setzen und sich zum Kriege wider den Teufel neue Kräfte zu sammeln.

Der vermeinte Besessene wurde wie rasend, als man ihn in seinem eigenen Hause vom Tische ausschloß und einer Diät unterwarf, die ihm nicht wohl behagte; die Paters aßen und tranken mit gutem Appetit zur Ehre des Sieges, den sie bald über den Satan zu erlangen hofften.

Die Hexe Schabernack, die auf jeden Schritt ihrer verwiesenen Schwester genau achtgab, machte indessen Gegenanstalten. Sie schloß so: Der Körper eines mäßigen Philosophen und die Seele eines Trunkenbolds sind zwei Dinge, aus deren Zusammensetzung der vollkommenste Mensch entstehen kann; der Körper hält die Seele zurück, wenn sie mit ihren Begierden die Grenzen überschreiten will, und die Seele treibt den Körper an, wenn er in der Mäßigkeit zu weit geht. Ein solcher Mensch wird sich also beständig im glücklichsten Gleichgewichte befinden, nie zu viel und nie zu wenig begehren und folglich von keinem Vergnügen so viel kosten, daß er Überladung, Sättigung und Überdruß befürchten darf.

Sie bewunderte die große Menschenkenntnis, die ihre Schwester auf ein so sinnreiches Mittel gebracht hatte, wodurch sie ihre Erlösung unfehlbar bewirken könnte; sie stahl daher die Prinzessin Friß-mich-nicht und ihren Bruder aus dem Bette und kam mit ihnen eben an, als die Teufelsbeschwörer bei Tische saßen. Augenblicklich verwandelte die tückische Hexe die Prinzessin in ein großes De-ckelglas, mit schönen Figuren und sinnreichen Versen geziert.

Die Geisterbeschwörer wurden durch den Wein so munter, daß sie endlich gar eine Gesundheit wider den bösen Feind ausbrachten; sie suchten das größte Deckelglas aus, das im Hause zu finden war, und ihre Wahl mußte vor allen das bezauberte treffen, weil es sich selbst durch seine Größe empfahl. Es wurde mit vieler Freude angefüllt, und der Oberste in der Gesellschaft setzte es an den Mund. »Au!« schrie er, wollte das Deckelglas auf den Tisch stellen und konnte nicht, denn die Prinzessin Friß-mich-nicht biß ihn so heftig in die Lippen, daß sie sich nicht losmachen ließen. »Au, au, au«, rief der gebißne Pater unaufhörlich und rennte in der Stube herum, das Deckelglas an den Lippen. Um ihren Mitbruder aus des Teufels Gewalt zu befreien, fingen sie mit lauter Stimme an, das Deckelglas zu exorzisieren, und um sie desto mehr zu plagen, ließ die Prinzessin nach. Sobald es von den Lippen war, wurde es auf den Tisch gestellt, von neuem angefüllt, exorzisiert; aber es blieb dabei: Wer es an den Mund setzte, wurde gebissen und schrie »Au«.

Da sich dieser böse Geist durchaus nicht zum Gehorsam bringen lassen wollte, so wählte man das kleinste Glas auf dem Schenktische, weil ein so enges Behältnis nur einen kleinen Satan enthalten könnte. Schön getroffen! Als sie danach griffen, steckte die Hexe Schabernack den Prinzen Lamdaminiro hinein. Kaum war es gefüllt und kaum hatte es der erste den Lippen genähert, so sprang ihm das Glas auf den Rücken; der Prinz bildete sich ein, auf einem Pferde zu sitzen, gab dem schreienden Pater die Sporen und trabte auf ihm im Zimmer herum, setzte über Stühle und Tische und ruhte nicht eher, als bis sein vermeinter Gaul atemlos und entkräftet zur Erde sank. Die übrigen, die für eine solche Reuterei dankten, wollten der Ehre entfliehn und stürzten sich mit schrecklichem Getöse zur Türe hinaus.

Hier schwenkt, daß Glas und Teller zerbricht,
Sich über den Tisch ein flüchtiger Pater;
Dort kriecht ein schwerbeleibter Herr Konfrater
Mit Ächzen unterm Tisch dahin; ein andrer ficht
Mit Händen und Füßen, sich Raum zur Flucht zu verschaffen;
Hier dieser schützt sich mit geistlichen Waffen,
Dort jener ergreift in der Angst den Braten zum Schild.
Man drängt sich, man stößt sich, man bittet, man schilt;

Hier betet man »Jesus Maria«, dort schreit man »Au wehe«,
Der eine beklagt die Schulter, der andre die Zehe;
Man winselt, man weint, man blökt, man schwitzt;
Denn jeder glaubt, daß der Satan mit blutigen Sporen ihn ritzt.

Sie entkamen diesem Abenteuer, um einem andern zu begegnen. Kakerlaks Seele und der Blunderbußische Körper waren indessen im Weinfasse aufgewacht. Sosehr sich die Seele über das sonderbare enge Wohnhaus verwunderte, so verwunderte sie sich doch noch mehr über die Veränderung zunächst um sich herum. Sie bekam von ihrem neuen Gefährten ganz andere Empfindungen als sonst; solange sie in einem sichtbaren Körper wohnte, war aus ihm kein so brennender Durst zu ihr aufgestiegen wie itzt; alle Triebe, die durch die sterbliche Maschine in ihr erregt wurden, waren Triebe der Unmäßigkeit, alle Gefühle widersprachen ihren Grundsätzen und Begriffen. Wollte sie nicht vom Drange ihrer Empfindungen überwältigt sein, so mußte sie sich beizeiten in Autorität setzen, und sie hielt daher dem durstigen Körper eine sehr nachdrückliche Ermahnungsrede. »Liebes Körperchen«, sagte sie ihm, »du wirst ein wenig zudringlich; du willst mich mit aller Gewalt zwingen, wider meine Grundsätze und Einsichten zu handeln und mich durch tierische Vergnügungen zu entehren. Ich sage dir ernstlich, dahin bringst du's nicht bei mir; gib dir weiter keine Mühe. Ich habe deine Schwachheiten bisher geduldet wie die Fehler eines Freunds; du bist eine Masse von Luft, Erde, Feuer und Wasser, weiter nichts; du bist mir als mein Diener zugegeben, als mein Sklave, der mir auf den Wink gehorchen und nicht den Herrn über mich spielen soll; weißt du das wohl? Wenn du deine Unverschämtheit zu weit treibst, so zieh ich von dir aus; ich habe so lange ohne dich gelebt, als ich seit Jahrtausenden in der Luft herumschwebte und die Zeit erwartete, wo ich eine solche Fleischmasse wie dich beleben sollte; ich kann dich wohl entbehren, aber was willst du ohne mich anfangen? Verlaß ich dich, so fällst du zusammen und mußt dich begraben lassen. Ich rate dir also wohlmeinend, sei mäßig! Fodre nicht mehr, als zu deiner Erhaltung nötig ist; die Natur bedarf wenig, und es ist eine Übertretung ihres ersten Gesetzes, wenn man ihr mehr aufdringt, als sie braucht.«

In diesem Tone predigte sie lange und sehr gründlich über das Laster der Unmäßigkeit, handelte im ersten Teile von seinen schädlichen Folgen, im zweiten von den Mitteln, ihr zu widerstehn, und war eben bei der Nutzanwendung, als die fliehenden Paters im Hofe anlangten. Da der Strafeifer sie bei ihrer Predigt sehr übernahm, so blieb es nicht bei einem innern Herzensgespräche zwischen einer Seele und ihrem Körper, sondern sie zwang ihn, sich die Lektion vernehmlich und laut selbst zu halten.

»Was?« riefen die Flüchtlinge voll Schrecken, als die Ermahnung aus dem Spundloche in ihre Ohren schallte, »nun predigen uns gar die Weinfässer die Mäßigkeit? Das ist ein rechter Satansstreich. Noch ist es gut, daß er seine Kanzel in einem leeren aufgeschlagen hat; Brüder, laßt uns beizeiten zuvorkommen, eh er auch in die vollen fährt.« Der Rat war so gut ausgedacht, daß ihm alle ohne Anstand folgten; sie eilten in den Keller, exorzisierten und tranken so lange, bis keine Zunge mehr exorzisieren konnte.

Das Zimmer war also leer, wo die Blunderbußische Seele in ihrem philosophischen Körper schmachtete, und alles so still, daß es ohne Selbstgespräch nicht abgehn konnte; die durstige Monade war zwar sonst an Selbstbetrachtungen nicht gewöhnt, aber das Außerordentliche ihres gegenwärtigen Zustandes nötigte sie wider ihren Willen dazu. Jeder Ton, jede Farbe, jeder Gegenstand kam ihr anders vor als sonst, weil sie durch ein Paar andre Augen sah und durch ein Paar andre Ohren hörte; die bekanntesten Dinge schienen ihr fremd, und es kostete ihr sogar Mühe, ihr ehmaliges Leibglas unter den übrigen wiederzuerkennen; der Weingeruch, der sie sonst so labte, kam ihr widrig und der Weingeschmack ekelhaft vor. Sie härmte sich über die Abnahme ihres Vergnügens und ward von der Traurigkeit so sehr überwältigt, daß dem Körper die Tränen in die Augen traten; vor Verdruß wünschte sie, sich von einem Leibe zu trennen, der ihr nur matte Empfindungen zuschickte und ihre liebsten Vergnügungen in Bitterkeit verwandelte.

Während daß sie sich so ängstigte und den Tod um Hülfe flehte, kam die Seele im Weinfasse mit ihrer Predigt über die Mäßigkeit zu Ende, und weil sie damit bei dem unmäßigen Körper hinlänglichen Gehorsam bewirkt zu haben vermeinte, um sich ohne Schaden mit ihm unter die Menschen zu wagen, so machte sie Anstalt, aus dem

Fasse herauszukommen; sie gab dem Körper einen Stoß, der Körper gab ihn der Tonne, und die Tonne fiel auf die natürlichste Weise von der Welt um, rollte auf den Steinen hin, eine steinerne Treppe hinunter, die Reifen sprangen ab, das Faß fiel auseinander, und die eingesperrte Seele kam nebst ihrem Körper auf die natürlichste Weise von der Welt aus dem Fasse.

Ebenso natürlich ging es zu, daß der Körper, ohne die Seele weiter darum zu fragen, seinen Weg gerade nach der Stube nahm, wo er so oft gezecht hatte: Es geschah aus Instinkt. Wenn sich doch das Erstaunen mit Worten beschreiben ließ, das die beiden Seelen überfiel, als jede ihren bisherigen treuen Gefährten erblickte, ohne mit ihm in der vorigen Verbindung zu stehen! Sie wußten sich's nicht anders zu erklären, als daß es nicht mit rechten Dingen zuginge, und um hinter das Geheimnis zu kommen, ließen sie sich in ein Gespräch ein.

»Welcher Sappermenter hat mir meinen lieben Körper genommen«, fing die Blunderbußische Seele an, »und mich in eine solche verdammte Maschine gesteckt, der Geschmack, Geruch und alle andre Sinne fehlen?«

»O hättest du ihn noch, diesen lieben Körper!« antwortete die andere, »er wird mich noch um alle meine Philosophie bringen.«

»Welches Hundeleben, wenn der Körper nichts taugt!« klagte die erste.

»Welche Qual, wenn der Körper beständig den Herrn spielen will!« jammerte die andere.

»Schaff mir einen Dolch oder eine Pistole!« rief die durstige Seele. »Ich will die verwünschte Maschine ins Herz stoßen, damit ich von ihr loskomme; was soll ich in so einem baufälligen Leimenhaufen sitzen, dem weder Essen noch Trinken schmeckt?«

»Hätt ich einen Dolch, so würd ich ihn gewiß zu meiner eigenen Errettung anwenden«, unterbrach ihn die philosophische Seele. »Ich werde durch eine solche Wohnung erniedrigt. Ach, wenn ich mich von den Fesseln der Materie losmachen und frei, von der Sinnlichkeit gereinigt, in meinen vorigen Zustand zurückkehren könnte!«

»Gütiger Tod, erlöse mich!« riefen beide, aber aus entgegengesetzten Bewegungsgründen. Ihre Klagen waren so herzbrechend, daß sogar die Hexe Schabernack Tränen darüber vergoß; aber man will behaupten, daß sie die Tränen mehr aus Ärger als aus Mitleid vergoß. Sie besorgte, daß die beiden verzweiflungsvollen Seelen Ernst machen und sich wirklich entleiben würden, alsdann hätte sie keine Bosheit mehr an ihnen ausüben können, wozu sie einen starken Hang besaß.

Eine Hexe kann die Wirkungen der andern nicht aufheben, und sie suchte daher ihre Schwester Tausendschön mit verstelltem Mitleid zu bewegen, daß sie Unglück verhüten und jede Seele wieder an Ort und Stelle zurückbringen sollte. Das gute Herz ließ sich durch die Listige einnehmen und eilte voll Schrecken herbei, die Bezauberung zu endigen; sie versetzte die beiden Körper in einen tiefen Schlaf, damit die Operation desto ungehinderter vor sich gehen konnte, und unterdessen brachte sie jede Seele wieder in ihr voriges Wohnhaus.

Hexe Schabernack lachte dreimal laut in der Luft, als ihre List so gut gelungen war, und spottete der gutherzigen Schwester, daß sie sich hatte betrügen lassen; sie konnte vor Begierde die Zeit nicht erwarten, wo die Schlafenden von selbst erwacht wären, sondern jagte in des Herrn von Blunderbuß' Nase eine Fliege, die ihn so empfindlich kitzelte, daß er unaufhörlich im schönsten Trompetenklange nieste.

So stark das Geräusch war und so sehr Blunderbuß es durch sein ungeduldiges Fluchen über das ewige Niesen noch vermehrte, so weckte es doch den schnarchenden Kakerlak nicht, und die Hexe sah sich genötigt, stärkere Mittel zu gebrauchen, um seinen tiefen Zauberschlaf zu vertreiben. Sie führte eine Wespe durch die Öffnung einer Fensterscheibe herein, die von den Patern in ihrer übereilten Flucht zerbrochen wurde; das summende Tier grub ihm seinen Stachel in die Schläfe; er fuhr auf, schlug es tot und schlief wieder ein, obgleich das Blut aus der Wunde quoll. Da an diesem philosophischen Körper mit keinem Sinne etwas auszurichten war, so näherte sich die Hexe seinem linken Ohre und rief mit schmeichelnder Stimme hinein: »Größter aller Philosophen, großer Kakerlak, steh auf!« Sogleich öffneten sich seine Augenlider; er sprang auf und wollte mit lächelnder zufriedner Miene sich für einen so süßen Titel bedanken; aber zu seiner Verwunderung erblickte er kein menschliches Wesen um sich als den dicken aufgeschwellten Blunderbuß, der viel zu materiell aussah, als daß eine solche Schmeichelei von ihm herrühren konnte; er vermutete also, daß es nur ein Traum gewesen wäre.

Beide Teile befanden sich noch einmal so wohl, da der *eine* wieder ganz Herr von Blunderbuß und der *andere* wieder ganz Herr Kakerlak war. Es ist, wie schon jemand gesagt hat, mit Leib und Seele wie mit Futter und Oberzeug an einem Kleide: Beides muß nach *einem* Maße und nach *einem* Muster zugeschnitten sein, sonst passen sie nicht zusammen. Blunderbuß stellte vor allen Dingen eine Untersuchung im Keller an, ob die Bezauberung sich etwa auch auf seinen Wein erstreckt hätte, zählte seine Fässer zweimal, dreimal durch und glaubte, das Zählen verlernt zu haben, da er seinen Vorrat zweimal so groß fand als vor der Bezauberung; alle Paters, die sich über dem Exorzisieren im heiligen Eifer zu Boden tranken, hatte die schadenfrohe Schabernack in Weinfässer verwandelt und eines jeden Kopf so ähnlich, als wenn er lebte, in seinen Zapfen *en haut relief* geschnitten. Blunderbuß geriet außer sich vor Entzücken und ließ sogleich den Bruder Hieronymus anzapfen, um seinen Gast zu bewirten.

Es wurde aufgetragen; der Wirt fand den Wein überaus köstlich und konnte sich nicht sättigen. Kein Wunder! denn die Hexe hatte ihm die Prinzessin Friß-mich-nicht ins Glas gespielt, die bei jedem Zuge die äußerst reizbaren Organe des Trinkers mit ihren kleinen Fingern so lieblich streichelte, daß er vor Vergnügen selbst nicht wußte, wie ihm geschah. Er nötigte seinen Gast bei jedem Glase, einem so guten Beispiele zu folgen, allein Kakerlak, der ganz wieder zum Philosophen geworden war, seitdem er die königliche Würde verloren hatte, wehrte das Glas weit von sich ab und war schon im Begriffe, einen sinnlichen Menschen zu verlassen, durch dessen Gesellschaft er sich zu entehren glaubte, doch die Hexe Schabernack wußte ein unfehlbares Mittel, ihn zurückzuhalten. Indem ihm der Herr von Blunderbuß mit gewaltsamen Zunötigungen ein volles Glas an den Mund hielt, spielte sie mit ihrer fertigen Taschenspielerkunst den Prinzen Lamdaminiro hinein, der dem Philosophen leise zuflisterte: »Weisester unter allen Weisen, großer Kakerlak, trink mich aus! Erhabenster unter allen Sterblichen, würdige mich, daß ich von dir getrunken werde! Mich bestimmte das Schicksal dem größten Philosophen der Erde. Trink mich aus, großer Kakerlak!«

Wie geschmeidig gab seine Philosophie nach! Er schluckte begierig das Glas hinunter, das dem größten Sterblichen bestimmt war, und foderte ein zweites, um die schmeichelnde Auffoderung zum Trinken noch einmal zu hören; er hörte sie und schenkte sich ein, um sie wieder zu hören; er trank fast noch unersättlicher als sein Wirt und berauschte sich in Schmeichelei und Wein so sehr, daß er Sinn und Sprache verlor.

Die Hexe wußte nach ihrer feinen Menschenkenntnis sehr wohl, daß eine solche Überladung den Überdruß am schnellsten herbeiführen mußte, und darum hatte sie ihn so listig zur Unmäßigkeit zu bringen gesucht. Wie sie wollte, so geschah es: Als der Weiseste unter den Weisen von dem Schlaf erwachte, worein ihn die Trunkenheit versetzte, fühlte er sich so matt, so zerschlagen! Seine Philosophie war so schwach wie sein Kopf, der nicht einmal Gedanken genug zusammenbringen konnte, um sich an die Lobsprüche zu erinnern, die ihm des Tags vorher aus dem Weinglase entgegentönten. Kraftlos schleppte sich der große Kakerlak in einen Stuhl, seufzte und klagte in lauten Jammertönen über die Erniedrigung seines denkenden Wesens, über die Schande, daß sich seine geistige Substanz so von den Sinnen hintergehn und so mildtätig berauschen ließ. »Wie bin ich gesunken!« rief er. »Nimmermehr werd ich wieder der weise Kak . . .«

Husch! war das Vögelchen da und flog mit ihm davon.

Hexe Schabernack war nicht fauler als ihre Schwester. Husch! gab sie dem betrunkenen Blunderbuß eine Ohrfeige, packte Prinzessin und Prinzen auf und jagte mit ihnen so geschwind, als eine Hexe durch die Lüfte fahren kann, den beiden Abgereisten nach. Die Ohrfeige, die der Betrunkene zum Abschied empfing, hatte eine eigne Kraft: Sie verwandelte ihn in ein großes Paßglas, woran sein Wappen und Porträt geschnitten war und seine Ohren die Henkel ausmachten; es wird noch itzt als ein Familienstück aufbewahrt und hat großen heraldischen Nutzen.

Viertes Buch

Für Hexen ist ein Trab von Teutschland nach Konstantinopel so wenig als für ein paar Beine, die keiner Hexe gehören, der Weg aus der Stube in die Schlafkammer; sie hatten kaum dreimal nach der Ausfahrt Atem geschöpft, so lag schon Kakerlak in einem Spargelbeet im Garten des Serails zu Konstantinopel.

Der Großsultan ging eben mit tiefem Nachdenken im mittelsten Gange spazieren und überlegte, bei welcher Gemahlin er die künftige Nacht schlafen wollte; da er ein sehr spekulativer Herr war und zur Auflösung des vorhabenden Problems alle seine Gedanken versammelt hatte, so merkte er nicht einmal, daß ihm Hexe Tausendschön das Kleid vom Leibe, den Turban vom Kopfe und die Stiefeln von den Füßen wegblies und ihm dafür Kakerlaks Kleidung anzauberte. Itzt hatte er glücklich seine Beratschlagung geendigt, einen Entschluß gefaßt und wollte seinem *Maître des plaisirs* die nötigen Befehle erteilen: Ach, du armer Großsultan! Wie schlimm wurde dir zumute, als du dich in einem andern Kleide erblicktest! In dem Kleide eines Ungläubigen! Da du nur in einem einzigen Artikel, den die Hexe aus Schamhaftigkeit ungekränkt ließ, ein Muselmann warst!

Er sagte sich zwar gleich, daß es nicht mit rechten Dingen zuginge, allein die Hexerei war ihm eben zu so höchst ungelegner Zeit geschehn, daß er alles daran wagte, um in den Palast zu dringen: Es half ihm nichts, dem armen Großsultan. Die Wache ließ ihn zurück und führte ihn gar ins Gefängnis, daß er sich unterstanden hatte, in den geheiligten Garten des Serails zu kommen; er beteuerte und schwor bei dem Barte des großen Propheten, daß er der Herr des Palasts wäre: Es half ihm nichts, dem armen Großsultan; es erkannte ihn niemand dafür, weil ihm des Großsultans Kleid fehlte. Kakerlak, dem seine Beschützerin des Sultans Kleid angezogen hatte, kam vom Spargelbeete majestätisch dahergeschritten und wurde um seines Kleides willen mit der tiefsten Ehrfurcht eingelassen. Er ging auf den Wink seiner Beschützerin die Treppe hinan, die hohe Flügeltüre des Zimmers öffnete sich.

Nachlässig warf er sich auf einen Sofa hin,

Elastisch nahm in eine tiefe Höhle
Der seidne Sitz ihn auf. Mit Augen voller Seele,
In Gang und Miene Reiz, tritt eine Sängerin,
Mit vorteilhafter Kunst in leichten Flor gehüllt,
Durch den ein Busen schielt, mit Reichtum überfüllt,
Wie eine Grazie daher.
Mit Absicht und doch stets als durch ein Ungefähr
Läßt ihm Gebärd und Schritt verborgne Reiz' entdecken,
Um einen Wunsch zum Trotz der Weisheit zu erwecken,
Bei dem auch Catos Wangen glühn;
Bescheiden gnug, um anzuziehn,
Und frei genug, nicht abzuschrecken,
Erwartungsvoll, daß man sie zwingt zu fliehn,
Um dann, erhascht nach langem Sträuben,
Mit Widerwillen gern gezwungen dazubleiben.

Der neue Sultan rieb sich die Stirne, seufzte und winkte; sie nahm
seinen Wink für einen Befehl an und sang. Ihre sultanische Hoheit
hatten nur Augen, aber keine Ohren! Er konnte seinen Blick an der
niedlichen Figur nicht sättigen.

Das Vaterland der Schönen war Kaschmir,
Von der Natur gewählt zum Sitz der Liebe.
Von schweren Wolken niemals trübe,
Mit ew'gem Grün geschmückt, deckt ein Gebirge hier
Aufs wollustreiche Land den langgedehnten Schatten,
Daß nicht der Sonne Strahl der Schönheit Blüte sengt,
Die Lebensgeister nie in schwüler Glut ermatten
Und träge Düsterheit auf keiner Stirne hängt;
Dort atmet stets vom nahen Meergestade
Ein kühlend Lüftchen her, belebt des Jünglings Mut,
Gießt in des Mädchens feurig Blut
Die milde Zärtlichkeit, weht von des Lebens Pfade
Die Sorgen weg und macht
Den feingewebten Sinn den Freuden immer offen.
Wo die Natur so freundlich lacht,
Da läßt sich mit Gewißheit hoffen,
Daß sie nur Grazien, nur Götterbilder schafft;
Doch hier hat ihre Schöpferkraft

Durch Niedlichkeit sich selber übertroffen.
Zwei Arme, kugelrund, vom feinsten Wachs bossiert,
Mit einer Haut so zart wie Eierweiß glasiert;
Zwei Augen, die so viel, was man nicht sagt, verlangen,
Zwei rote hochgewölbte Wangen,
Die jedem Mund befehlen: »Küsse mich!«
Zwei Lippen . . . Doch was quäl ich mich, sie zu beschreiben?
So viel ist nun schon klar, es fehlte nichts, um sich
Mit bloßem Sehn die Zeit vortrefflich zu vertreiben.

Auch setzte Herr Kakerlak seine Philosophie ganz beiseite und wurde so sehr Sultan, daß er aufstand, um die niedliche Sängerin bei der Hand zu fassen, als eine neue Schönheit hereintrat.

Aus China brachte sie ein schlauer Handelsmann,
Der tausend nur Prozent an ihr gewann,
Ins kaiserliche Lustgehege,
Doch bloß als eine Seltenheit,
Wie mancher von den reichen Erdensöhnen,
Die keine Sultan' sind, mit porzellänen Schönen
Aus China und Japan und solcher Kostbarkeit
Kamin und Tische schmückt; es ist nicht zum Gefallen,
Zum Nutzen noch zur Lust, nur einzig – zum Besehn.
Das Wundertier blieb an der Türe stehn
Und ließ nicht einen Blick auf unsern Sultan fallen.
Ein lebend Ebenbild der strengsten Sittsamkeit,
Die Augen stets gesenkt, die Hände, Busen, Nacken
In seidnen Stoff versteckt und immer auf den Backen
Das sanfte Rot verschämter Schüchternheit,
So stand sie leblos da, wie Albrecht Dürers Damen,
Mit klösterlicher Blödigkeit.
Der Sultan sah erstaunt die ausgerißnen Augenbramen,
Die bleiche Totenfarb im ernsten Angesicht.
Er fragte sie und wußte nicht,
Wie ihm geschah, denn ihrer Antwort Töne
Erschallten durch zwei Reihn pechschwarz gefärbter Zähne.
Er drehte sie herum und fand
Ein neues Wunderwerk: Ein Schritt entdeckte,
Was ihm bisher das lange Kleid versteckte –

Ein Füßchen, klein wie eine Kinderhand.
»Bei Mahomet«, begann der Sultan laut zu fluchen,
»Hier mag ich nicht nach Wundern weiter suchen;
Es könnte mich vielleicht gereun.«

»Du bist kein Hausrat in ein Serail; geh!« – und mit diesen Worten wies der erzürnte Sultan der ehrbaren Chineserin mit den pechschwarzen Zähnen und den kleinen Füßchen die Türe. Er wollte sich eben zur Kaschmirin hinwenden:

Schnell flog im wilden Tanz der Wollust und der Freude
Zirkassiens schönstes Mädchen herein.
Die vollen Brüste schwollen beide
Durchs weichende Gewand, das, leicht geschürzt, allein
Die Hüften deckt' und alles unverhüllet
Dem Auge ließ, was unterm Feigenblatt
Die Mutter Eva nicht verbarg. Ihr Lied erfüllet
Des Sultans Herz, das nie so hoch geschlagen hat,
Mit einem süßen Weh, den Kopf mit süßem Schwindel.

Dergleichen überaus angenehmer Fall kam unserm Herrn Sultan nicht vor, solang er auf der Welt war, um soviel weniger darf man es ihm verdenken, wenn er ihn etwas angriff. Die Göttin der Wollust schien den schönsten Körper zu ihrer Wohnung gewählt zu haben, um in eigener Person die Standhaftigkeit des armen Kakerlaks zu bestürmen. Das verzweifelte Sultanskleid mußte schuld daran sein, denn sie hatte kaum zwei Minuten getanzt und gesungen, so griff er schon nach dem Schnupftuche, und zu Anfange der dritten lag er schon in ihren Armen, so groß war seine Not.

Nun wird ein schönes Leben angehn, lieber Leser; da wir beide auf Ehrbarkeit halten, so kann ich unmöglich etwas erzählen, das du lieber denkst als liest. So viel kann man aber doch ohne Schamröte sagen, daß der Hexe Schabernack bei der Sache angst wurde: Sie verzweifelte selbst, daß sie dem Herrn Kakerlak diese Schüssel jemals verekeln könnte. Weiber sollen nie erfinderischer sein, als wenn sie einen Fehler begangen haben; ist auch dieser Grundsatz nicht richtig, so handelte doch die Hexe so, als wenn er's wäre. Sie sah ein, daß sie dem Übel hätte zuvorkommen und statt der Zirkasserin nur die verlegendsten Schönheiten des Serails zum Sultan führen sollen; um also die Befreiung ihrer Schwester, des Fehlers ungeachtet, zu hindern, steckte sie die Prinzessin Friß-mich-nicht unter sein Kopfküssen. Kaum näherte er sich dem Vergnügen, so erhob der Unhold unter dem Kopfküssen ein Zetergeschrei, als wenn das größte Unglück von der Welt geschähe, der Sultan hörte nicht. In der nächsten Nacht gesellte sich die Hexe selbst dazu, und alle drei brüllten so gräßlich, wie bei Menschengedenken in der Welt nicht gebrüllt wurde, der Sultan hörte nicht.

Die Hexe war des Spaßes desto überdrüssiger, je weniger der Sultan es werden wollte. Zum Glücke hatte sie in ihren jüngern Jahren einmal gelesen, daß man am leichtesten satt wird, wenn man sich überißt, und ließ wegen dieser scharfsinnigen Bemerkung der Natur freie Wirkung, und was geschah? Der Herr Sultan überaß sich und wurde so satt, daß ich es nicht erzählen kann.

»Warte!« rief Hexe Tausendschön und erzürnte sich zum ersten Male in ihrem Leben, weil sie sich einbildete, daß ihm ihre tückische Schwester den Überdruß beigebracht hätte. »Warte! Der Sultan soll mich doch, dir zum Trotze, erlösen; auf dies Vergnügen setzte ich meine ganze Hoffnung; ich dachte, daß es ihm nur der Tod un-schmackhaft machen sollte, und doch hast du mir meine Hoffnung vereitelt! Warte, du schadenfrohe Schwester! Was die Wollust bei einem Philosophen nicht vermag, wird die Liebe tun.«

Sogleich führte sie die reizende Kaschmirin zum Sultan, der matt und verdrüßlich auf der Ottomane lag, halb schlummerte und halb wachte und von den genoßnen Freuden nicht einmal gern träumte. Er blinzte das Mädchen an, als sie vor ihm hintrat, wie eine Sache, wobei man denkt, wenn es nur etwas anders wäre! Gleichwohl sah er nicht weg; sie wurde ihm gar im kurzen so interessant, daß er nicht mehr blinzte, sondern die Augen so weit aufmachte, als es sich natürlicherweise tun ließ. Je weniger sie buhlte, je weniger sie ihm ihre Liebe anbot, desto begieriger verlangte er nach ihr; die Leidenschaft fraß so schnell um sich in seinem Herze, daß er schmachtete. Ganz natürlich ging es mit dieser Geschwindigkeit nicht zu, sonst wäre sie unwahrscheinlich; die Hexe hatte die Hand im Spiele.

Nun tat unser Herr Sultan den ganzen Tag nichts als girren, seuf-zen und ächzen; er verschrieb mehr Papier zu Sonetten, Oden und

Liedern als seine Justizräte zu Akten. Sieben Nächte tat er kein Auge zu, und erst in der achten glückte ihm ein halbstündiger Schlummer; er sprach in lauter Ausrufungen und sagte in einer halben Viertelstunde mehr »Ach! Oh! Ah!« als andere Leute in ihrem ganzen Leben. Solche heftige Gemütsbewegungen sind kein Spaß: Man kann daran sterben, wenn die Sache lange währt. Auch nahm sein Bauch täglich ab, und die innerliche Liebesglut zehrte ihn so gewaltig aus, daß er der magerste Sultan wurde, der jemals auf dem ottomanischen Throne saß.

Die Hexe Schabernack hoffte zwar, daß er es mit seiner Empfindsamkeit nicht immer so treiben könnte, aber es war ihr schon zuwider, daß ihre Schwester sich nur mit der Einbildung, durch ihn befreit zu werden, vergnügen sollte. Prinzessin Friß-mich-nicht, ihre gewöhnliche Unglücksstifterin, erhielt von ihr eine männliche Stimme, die eine gute Quinte tiefer stand als die bisherige, ob sie gleich an sich nicht die sanfteste war und sich dem Brüllen ein wenig näherte; sie mußte sich in den einen Winkel des Zimmers stellen, ihr Bruder in den andern – versteht sich, beide unsichtbar, wie es bei Hexengeschichten gebräuchlich ist. Der Sultan lag auf dem Sofa, vor Liebe krank; die reizende Kaschmirin stand vor ihm, und mit hochklopfendem Herze, schmachtender Miene, abgebrochnen Seufzern und tiefgerührtem Schmerze sah er unverwandt in die schönen blauen Augen, die ihn so tödlich verwundet hatten; dabei schoß seine bekümmerte Seele mitten durch die Betrübnis so brennende Liebesstrahlen um sich herum, daß der Göttin seines Herzens die Augen übergingen, als wenn sie in die Sonne sähe.

»Anbetenswürdige Schönheit«, fing die Prinzessin mit der Mannsstimme in ihrem Winkel an. »Himmlische Tochter der Liebe! Lange hat dein Knecht im stillen nach dir geschmachtet, lange den Sternen, Tälern und Bergen sein Leid geklagt. Länger kann ich meine Neigung in der Brust nicht verschließen, wenn sie nicht bersten soll: Schönster Engel des Paradieses – ich liebe dich.«

So pathetisch sie dies sprach, so sanft und schmelzend hub der Prinz Lamdaminiro in seinem Winkel an:

> Schönstes Blümchen auf der Weide!
> Mein Entzücken, meine Freude!

Richt auf mich die Äuglein beide;
Siehe, was ich Armer leide;
Eh ich tot von hinnen scheide,
Rette, Täubchen, rette mich!
Schönstes Blümchen auf der Weide,
Himmelskind, ich liebe dich.

»Bei dem Barte des großen Propheten«, rief der Sultan und sprang wütend auf. »Wer sind die Bösewichter, die mir unter der Nase dem geliebten Gegenstande meines Herzens ihre Liebeserklärungen tun? – Verschnittene! He! gleich stranguliert mir die Schurken!«

Es läßt sich übel strangulieren, wenn die Leute unsichtbar sind; die Verschnittenen suchten in allen Zimmern die Hälse, die von ihnen stranguliert werden sollten, und statteten den untertänigsten Bericht ab, daß nirgends etwas zu finden wäre, das man strangulieren könnte, und daß Seiner sultanischen Hoheit, mit Respekt zu sagen, die Ohren geklungen haben müßten.

Kaum waren sie aus dem Zimmer, so fing die Prinzessin wieder an: »Erhabne Tochter des Himmels, mein Herz ist ein Feuerofen, meine Seele ein Volkan; lösche mit deinen paradiesischen Blicken die Flammen, die mich verzehren. Der brennende Schlund meines Herzens wirft Seufzer und Klagen aus; die Klagen strömen aus meinem Munde wie eine Lava. Holdeste Huri des Paradieses, ich liebe dich.«

Der Prinz nahm das Wort:

Schönstes Schäfchen auf der Aue!
Süßes Herzenslämmchen, schaue,
Wie bewegt von Tränentaue
Ich hier schmachte kümmerlich!
Schönstes Schäfchen auf der Aue.
Herzenslämmchen, liebe mich!

Der Sultan kannte sich nicht vor Zorn und ließ augenblicklich Großwesir und Mufti holen; sie kamen, und er befahl, im ganzen Serail alle Mannspersonen zu spießen, die verliebt aussähen. Sie gingen beide und sahen allen Mannspersonen scharf in die Augen, brachten aber die Nachricht zurück, daß kein einziger im Serail verliebt aussähe, denn es wären lauter Verschnittene. Es ließe sich daher nach reiflicher Überlegung nichts anders mutmaßen, als daß es nicht mit rechten Dingen zuginge oder daß Seiner sultanischen Hoheit, mit Respekt zu melden, die Ohren geklungen haben müßten.

Sie waren noch nicht aus dem Palaste, so gingen die herzbrechenden Liebesklagen von neuem an; wie jedes vorhin allein jammerte, so machten sie itzt ein Duett zusammen, so rührend, daß die Fensterscheiben hätten schmelzen mögen. Der Sultan ergriff einen Dolch, mit Diamanten besetzt, und raste im Zimmer herum, stach in alle Winkel, fluchte und tobte so fürchterlich, daß die reizende Kaschmirin, die von dem verliebten Winseln nichts hörte, ihm mit Tränen zu Fuße fiel und flehentlich bat, er möchte doch ja nicht verrückt werden. Lief er nach dem Prinzen hin, um ihn zu ermorden, so klatschte die Prinzessin hinter seinem Rücken mit dem Munde, als wenn sie die schöne Kaschmirin küßte; wandte er sich mit dem Dolche nach der Prinzessin, so tat der Prinz das nämliche; wohin er sich nur kehrte, hörte er hinter sich küssen und mit Entzücken rufen: »Ach, schönster Engel des Paradieses, wie labt mich dein Kuß! – Ach, du schönstes Lämmchen auf der Weide, wie labt mich dein Kuß!«

Der schönen Kaschmirin wurde bei dem Wüten des Sultans bange, und sie lief mit lautem Geschrei zur Türe hinaus, mein Herr Sultan mit dem Dolche hinter ihr drein und hinter dem Herrn Sultan her Prinz und Prinzessin mit lautem Hohngelächter. »Betrogen, Herr Sultan!« riefen sie mit Händeklatschen. »Betrogen! Sie ist ihm untreu. Ich entführe sie. Lauf ihr nach, Herr Sultan! Ich entführe sie doch.«

Dergleichen verwünschtes Gewäsch erhitzt die Ohren, um soviel mehr die Leber, besonders bei einem Eifersüchtigen, der ohnehin alles glaubt; schlug nicht die schöne Kaschmirin zu rechter Zeit die Türe zu, so wurde aus der Posse ein Trauerspiel, wobei ein Mensch ums Leben kam, denn um sie nicht entführen zu lassen, wollte er sie ermorden, und um sie zu ermorden, stieß er mit weitausgeholtem Dolche nach ihr, aber das mörderische Eisen fuhr in die Tür und brach entzwei, daß der diamantne Heft in der Hand blieb; wer sich gut auf das Räsonieren versteht, kann daraus schließen, wie heftig der Stoß sein mußte und wie leicht jemand das Leben einbüßen konnte, wenn er nicht die Türe traf.

»Ungetreue!« rief der Sultan schäumend. »Mach auf, daß ich dein treuloses Herz durchbohre!« – Sie war keine Närrin, daß sie ihm gehorchte; die Leute, die durchbohren wollen, darf man sich nicht zu nahe kommen lassen. Poche du, Herr Sultan, soviel du willst! die schöne Kaschmirin macht dir nicht auf.

Es half nichts, als daß er in Gelassenheit abzog und seinen Gram im stillen ausweinte, ausseufzte, ausfluchte oder was ihm sonst beliebte; erschöpft, keuchend, atemlos warf er sich auf den Sofa. Plötzlich klirrten tausend Säbel in seinen Ohren, als wenn seine ganze Wache im Palast niedergehauen würde; das Zimmer zitterte vor dem Tumult; eine Kutsche mit brausenden Hengsten rollte durch den Hof, und eine triumphierende Stimme rief zum Fenster herein: »Betrogen, Herr Sultan! Betrogen! Ich entführe sie: Mich liebt sie, nicht Ihn. Wünsche wohl zu leben, Herr Sultan.«

Der Unglückliche erlag unter dem Schmerze. »Verdammtes Geschlecht!« rief er mit knirschenden Zähnen. »Treulose Brut! Ewig will ich dich hassen. Ach, warum war ich Sultan und liebte? – Unsichtbare Beherrscherin meines Schicksals, nimm mir diese verhaßte Würde wieder, die du zu meinem Unglück mir gabst. Führe mich aus diesem Palast, wo überall unter meinen Füßen die Dornen der Eifersucht und gekränkter Liebe emporwachsen, und mache mich wieder zu Kak . . .«

Bei dem ersten Hauche, womit er seinen Namen aussprechen wollte, schwebte schon der betrübte Herr Sultan auf dem Rücken des Vögelchens in der Luft.

»Ha, ha, ha«, lachte Hexe Schabernack und fuhr übermütig vor ihrer Schwester vorbei, daß der arme Kakerlak auf dem Rücken seiner Gönnerin schwankte, so heftig stießen die beiden Hexen zusammen. »Bist du nun befreit, Schwesterchen? ha, ha, ha.«

So gutmütig Tausendschön war, so hatte sie doch auch eine Galle; der bittere Spott ihrer Gegnerin erregte sie so gewaltig, daß die Erzürnte vergaß, wen sie auf dem Rücken trug, und der Spötterin ins Gesicht flog, um ihr mit dem Schnabel wenigstens ein Auge auszuhacken, wenn sie mit allen beiden nicht fertig werden könnte. Das Auge wurde glücklich geblendet, aber Schabernack hielt nicht so geduldig still, sondern griff zornig nach dem Vögelchen, um ihm die Kehle zuzudrücken; Kakerlak hielt sich zwar so fest an als möglich, Prinz und Prinzessin nicht weniger, aber die Bewegungen der Streitenden wurden so heftig, daß alles Anhalten nichts half, und in kurzer Zeit fielen alle drei mit ihrer ganzen Schwerkraft vom Himmel senkrecht auf den Erdboden herab. Der Fall war ziemlich hoch, wie man wohl rechnen kann, und ging gewiß nicht ohne Halsbrechen ab, wenn es Sommer oder schlaffes Wetter war; aber zum Glücke trug sich die gefährliche Begebenheit in einem der kältesten Januare zu, wo so hoher Schnee lag, als selbst die ältesten Leute nicht wollten gesehn haben. Auf diese Weise kamen die Fallenden mit einem kleinen Nasenbluten durch, das in der großen Kälte, wo alles gleich gefror, nicht lange anhielt.

Unterdessen daß diese drei bis über den Kopf im Schnee begraben lagen, wurde das Gefecht in der Luft mit verdoppelter Wut fortgesetzt. Es macht schon Lärm genug, wenn zwei gewöhnliche Weiber sich zanken; nun denke man, was für einen es geben muß, wenn es gar Hexen sind. Schabernack befand sich am schlimmsten dabei: Das Vögelchen hackte ihr Wunden an den Kopf, an die Brust, ins Gesicht, und griff sie zu, um sich zu rächen, so flog mein Vögelchen davon, hackte auf einen andern Ort und flog wieder davon. Die Verwundete wollte sich vor Ärger zerreißen, weil sie sich für ihre Schmerzen nicht rächen konnte, und warf sich im größten Zorn in einen Brunnen herab, um dem Kratzen und Hacken zu entgehn; die Siegerin setzte sich auf einen Baum, putzte ihre Federn und kühlte sich ab.

Fünftes Buch

Daß Prinz Alfabeta einen unglücklichen Krieg führte, um seine Physiognomie wiederzuerobern, und sie doch nicht wiederbekam, sondern sogar in die Gefangenschaft geriet, das wissen wir; daß er noch immer in der Gefangenschaft und ohne Physiognomie war, als sein Überwinder, der König von Butam, wieder Kakerlak wurde und die Reise zum Herrn von Blunderbuß antrat, das wissen wir auch; daß er sich aber mit der Königin Ypsilon vermählte und darauf in ihrer Gesellschaft einen Ritt um die Welt tat, das weiß niemand als ich, und darum will ich's itzt erzählen.

Die Verwunderung auf dem Schlosse zu Butam war nicht klein, als man so plötzlich den König, die Prinzessin Friß-mich-nicht und den Prinzen Lamdaminiro vermißte; tot waren sie nicht, denn ihre Leichname hätten doch dasein müssen; ausgefahren auch nicht, denn alle Pferde standen richtig im Stalle und alle Kutschen richtig im Wagenschuppen. Sollten sie ausgegangen sein? – Ein König, eine Prinzessin und ein Prinz werden wohl so weit zu Fuße gehn? Man spekulierte gewaltig über den Vorfall, und nachdem die meisten am Hofe sich durch vieles Nachdenken Kopfweh gemacht hatten, errieten sie wirklich die wahre Ursache. Man sagte allgemein: »Das geht nicht mit rechten Dingen zu.« Die Königin ließ an allen Orten suchen, wo ein Mensch Platz hatte; da war kein König von Butam, keine Prinzessin und kein Prinz. Als sie merkte, daß sie sich schlechterdings nicht wollten finden lassen, faßte sie sich in Geduld und befahl, Hoftrauer anzusagen.

Der Prinz Alfabeta hörte kaum in seiner Gefangenschaft, daß der König für tot erklärt wäre, als er schon auf Mittel zu seiner Befreiung dachte, die ihm nunmehr sehr leicht zu bewirken schien, weil die Damen gemeiniglich mitleidig gegen die Mannspersonen sind. Wie er hoffte, so geschah es; er ließ der Regentin nur melden, daß es ihm außer der Gefangenschaft besser gefiele, so erhielt er die Erlaubnis, vor ihr zu erscheinen. Er wußte seine traurigen Schicksale mit so rührender Beredsamkeit vorzutragen und vorzüglich den Verlust der Physiognomie in ein solches Licht zu setzen, daß der Dame das Herz brach und die Augen in Tränen zerflossen.

Der Prinz wurde jeden Tag interessanter, und da er einsah, wie tief er ins Herz der Königin eingedrungen war, wagte er den kühnen Streich, um ihre Hand anzuhalten. – »Sehr viel Vergnügen, aber ein Prinz ohne Physiognomie...« Wie zog sich mein Prinz in eine demütige Ferne zurück, als er das hörte! Er nahm sich es zwar sehr zu Herzen, und obgleich die Betrübnis seine Seele daniederdrückte, so verließ ihn doch sein Talent zu gefallen nicht ganz. Er besaß die unnachahmliche Kunst, den Ton eines ungeschmierten Wagenrads so natürlich nachzumachen, daß alle Menschen, die ihn bloß hörten und nicht sahen, auf ihre Seele schworen: »Das ist kein Prinz, sondern ein Wagenrad.« Der Königin ging es nicht besser; er machte sein Kunststück im Nebenzimmer, und sie fragte gleich, ob die Leute toll wären, daß sie mit Schubkarren und Wagen in den Zimmern herumführen; der Prinz kam zu ihr herein, und ob er ihr gleich beteuerte, daß er es wäre, so wollte sie ihm doch nicht glauben; desto mehr lachte sie, als er sie aus ihrem Irrtum riß, und seitdem ließ sie ihn allemal rufen, wenn sie Langeweile hatte, und bat ihn: »Prinz, machen Sie einmal das Wagenrad.«

Diese Gunst munterte ihn auf, sein Ansuchen um ihre Hand zu wiederholen; sie fühlte ihre Schwäche und den Eindruck, den seine Talente auf ihr Herz gemacht hatten; sie gab also nach und gewährte seine Bitte. Sobald er König von Butam und ihr Gemahl war, tat er einen fürchterlichen Eid, daß er die ganze Welt durchreisen und nicht eher in seinem Schlosse wieder schlafen wollte, als bis er seine Physiognomie gefunden hätte. Seine Gemahlin, die erst seit einem Tage mit ihm vermählt war und ihn daher außerordentlich liebte, willigte unter keiner andern Bedingung in seine Abreise, als wenn er sie zur Begleiterin annähme; wollte er nicht umsonst geschworen haben, so mußte er die Bedingung wohl eingehn.

Da sie die ganze Welt durchreisten, so mußten sie notwendig auch einmal an den Ort kommen, wo Kakerlak mit den beiden andern vom Himmel in den Schnee gefallen war, und es ist daher nichts weniger als unwahrscheinlich, daß sie gerade zu *der* Zeit hinkamen, als die drei Gefallnen im Schnee lagen und noch nicht wieder heraus waren; dergleichen wunderbare Zufälle geschehn alle Tage in der Welt. Etwas unwahrscheinlicher ist es, daß sie auch an diesem Orte hielten, abstiegen und aßen; aber was kann ich dafür? Genug, es geschah; sie waren hungrig und stiegen also ab.

Bei solchen abenteuerlichen Reisen, die man in seinem Leben nur *einmal* tut, schleppt man kein Zelt mit sich; der Prinz und der Reitknecht müssen sich, einer sowohl als der andre, unter den blauen Himmel hinsetzen und ihr Stückchen Essen von der Faust verzehren. So ging es auch hier: Sie setzten sich in den Schnee und aßen, was sie hatten. Der ehmalige Prinz Alfabeta, itzt Gemahl der Königin Ypsilon und dermalen König von Butam, hatte sich auf seiner großen Reise das Beobachten sehr angewöhnt und wurde daher augenblicklich das Loch gewahr, das Kakerlak in den Schnee machte, als er vom Himmel hineinfiel. Wer die Natur aufmerksam studiert hat, dem wird es nicht schwer sein zu begreifen, daß ein Mensch, der aus den Wolken, die Beine voran, in den Schnee fällt, nicht bloß ein Loch, sondern auch in dem Loche bei dem Durchbrechen den Abdruck seines Gesichts zurücklassen muß; tausend Leute können vielleicht vom Himmel in den Schnee fallen, ohne ihr Gesicht darinnen abzudrücken; Kakerlaks Fall war aber unter tausenden der einzige, wo es geschah.

»Was in aller Welt?« fing der Prinz an. »Das ist ja meine Physiognomie, so natürlich, als ich sie sonst alle Tage im Spiegel erblickte. Hier in diesem Loche muß mein Dieb stecken.« – Man wird sich wundern, wie er das so genau wissen konnte, allein für ihn war es eine Kleinigkeit, so etwas zu erraten. Er schloß so: Wenn an dem Abdrucke, den ein Mensch von seiner Physiognomie im Schnee macht, die Nase unterwärts steht, so muß er nicht *aus* dem Schnee, sondern *in* den Schnee gefallen sein; nun finde ich hier die Nase unterwärts gekehrt, folglich muß der Dieb meiner Physiognomie hineingefallen sein und noch darinne stecken. Mit dieser ungemeinen Gabe zu schließen konnte er zuweilen Dinge ausfindig machen, die im Mittelpunkte der Erde verborgen waren.

Ohne sich lange zu bedenken, machte er Anstalt, den Dieb auszugraben, und es glückte ihm auch, wiewohl mit vieler Mühe. Kaum hatte er den halberfrornen Kakerlak aus dem Schnee ans Tageslicht gezogen, so fiel er über ihn her wie ein Wütender und wollte sich sein gestohlnes Eigentum mit Gewalttätigkeit wiederverschaffen. Das ganze Gesicht konnte dabei zugrunde gehn, wenn nicht Hexe Tausendschön dazwischenkam. Der Prinz hatte den falschen Grundsatz, daß er die Haut und die Physiognomie für einerlei Ding hielt und daß man daher nur die eine vom Gesicht abzuziehn brauchte, um die andre zu bekommen. Wegen dieser höchst irrigen Voraussetzung machte er schon einen merklichen Anfang, Kakerlaks Gesicht zu schälen, als ihm das Vögelchen plötzlich mit solcher Heftigkeit in die Ohren pfiff, daß ihm alle Sinne stillstanden; das Blut in den Adern gerann, und aus dem Herrn Prinzen, der die Leute schälen wollte, wurde eine Bildsäule. Die Königin Ypsilon schlang ihre Arme um den kalten Stein und wollte ihn an ihrer Brust zum Leben erwärmen; sie weinte die heißesten Tränen, daß die herabrollenden Tropfen den Schnee schmelzten. Aber welch ein Jammer! Der Schnee konnte den steinernen Gemahl nicht tragen, und mitten in ihrer Umarmung sank der Verwandelte hinab. Sie wandte sich zu Kakerlak, den sie für nichts weniger als einen Zauberer hielt, und bat ihn mit einem Fußfalle, aus dem versunknen Steine wieder einen hübschen Prinzen zu machen, allein sie bekam keine Antwort, denn der arme Zauberer wußte selbst nicht, ob Tag oder Nacht war.

Unterdessen wurde der Aufenthalt in einem kalten Schneehaufen für das unruhige Temperament der Prinzessin Friß-mich-nicht beschwerlich; sie arbeitete mit Händen und Füßen und warf den Schnee über sich auf wie ein Maulwurf das Erdreich. Nach langer Arbeit kam sie glücklich heraus und wurde neben sich ihren Bruder gewahr, der vermöge seines ungemein philosophischen Charakters sich in seinem Loche nicht rührte, sondern gelassen wartete, bis ihn jemand herausziehen wollte; weil die Prinzessin wohl raten konnte, worauf er hoffte, so bot sie ihm die Hände und half ihm an die freie Luft. Welch Erstaunen, als beide ihre Mutter erblickten! Die Königin geriet außer sich, so plötzlich ihre Kinder hier zu finden, flog mit offnen Armen auf sie zu und bat sie, sich mit ihr diesem grausamen Zauberer, der ihr den Trost ihres Lebens geraubt hätte, zu Füßen zu werfen. Prinzessin Friß-mich-nicht hatte die löbliche Gewohnheit, bei jeder zweideutigen Rede immer das schlimmste zu verstehn, und da das Weinen den Ton ihrer Mutter undeutlich machte, so verstand sie, daß sie diesen Zauberer erdrosseln sollte. Im Grunde war wohl Hexe Schabernack an dem bösen Mißverständnisse schuld, weil sie aus ihrem Brunnen der Prinzessin in die Ohren rief: »Erdrossele ihn!« So etwas ließ sie sich nur einmal sagen und fuhr deswegen dem vermeinten Zauberer voll Wut nach der Kehle;

schnell pfiff ihr das Vögelchen in die Ohren, und sie wurde zu Stein, indem sie zudrücken wollte.

Der Prinz sah mit unbeschreiblicher Kaltblütigkeit zu und gähnte; Hexe Schabernack, die den Liebling ihrer Feindin durchaus tot haben wollte, hauchte dem Prinzen etwas von ihrem feurigen Odem ein, um ihn ein wenig tätiger zu machen. Das Mittel wirkte unmittelbar auf sein Blut: Alles an ihm wurde so behend, so lebhaft, daß er kein Glied stillhalten konnte; aber da sein gutmütiges Herz keines Argen fähig war, so verwandelte sich die eingeatmete Lebhaftigkeit in Vergnügen: Er tanzte im Schnee herum, als wenn er von Sinnen wäre, und wollte sich fast zu Tode lachen. Tausendschön schlug ein höhnendes Gelächter auf, daß die Absichten ihrer Widersacherin so fehlschlugen; diese blies unaufhörlich wie ein Blasebalg, und je mehr sie blies, desto mehr tanzte und lachte der Prinz. Vor Ärger, daß er nimmermehr grausam werden wollte, gab sie ihm eine Ohrfeige; es ist bekannt, daß man bei einer Hexenohrfeige niemals mit dem Leben davonkommt, und wer es etwa nicht weiß, kann es hier bewiesen sehn, denn der Prinz wurde augenblicklich zu Stein.

Nun war große Not: Denn eben erkannte die Königin ihren vorigen Gemahl, und eben erkannte der vorige König von Butam seine vorige Gemahlin. Beide hatten schon die Arme ausgestreckt, sich um den Hals zu fallen; plötzlich schlug Schabernack die Königin ins Gesicht, daß sie sich im Augenblicke mit ausgestreckten Händen zu Stein verhärtete, und schon holte die erbitterte Hexe aus, um dem armen Kakerlak ein gleiches Schicksal zuzubereiten, aber Tausendschön war geschwinder als sie; der Schlag war noch einen Strohhalm breit von seinem Backen, so fuhr sie wie ein Wind mit ihm zu den Wolken hinauf.

Hexe Schabernack schrie und stampfte vor Ärger, knirschte mit den Zähnen, raufte sich die Haare aus und wußte nicht, an wem sie sich zuerst rächen sollte; wie ein ungezognes Mädchen, das seinen Zorn an leblosen Dingen ausläßt, wenn nichts Lebendiges bei der Hand ist, raffte sie Hände voll Schnee auf und schleuderte sie tobend nach allen vier Winden hin. Als sie ihre Galle ein wenig ausgerast hatte, setzte sie den beiden Entflohenen nach, die ihren Zorn erregten; aber wie weit waren die schon! Sie verdoppelte ihren

Schritt, und nach langem Herumschweifen in den Lüften sah sie die Gegenstände ihres Hasses auf einem Baume ausruhn. Wie der Habicht, wenn er eine Taube erblickt, schoß sie herab; Hexe Tausendschön war nicht so einfältig, daß sie die Ankunft ruhig abwartete; nein, wie die Zornige herabfuhr, fuhr sie mit ihrem Kakerlak hinauf in eine Schneewolke, und jene, die sich nicht gleich aufhalten konnte, rennte in den hohlen Baum hinein, wo ihre entflohene Schwester gesessen hatte.

»O so versinke, verwünschter Baum«, rief sie voll Zorn, »versinke mit mir bis zum Mittelpunkte der Erde, daß ich nimmermehr die Verhaßte wieder erblicke, die mir alle meine Anschläge vereitelt!« – Eine Hexe wünscht nichts, das nicht gleich geschieht. Der Baum versank mit ihr, und sie bereute ihren übereilten tollen Wunsch nicht wenig, als sie im Mittelpunkte der Erde steckte, so eine ungeheure Last Steine, Kot, Kies, Leimen und Sand auf sich liegen hatte und bis über die Ohren mit ihrem Baume im Wasser schwamm.

Hexe Tausendschön wußte zwar den Aufenthalt ihrer Schwester nicht und hielt sich daher ganz inkognito in der Schneewolke auf, bis der Frühling kam, wo es keine Schneewolken vor Hitze am Himmel mehr aushalten konnten. Da auf diese Weise auch auf der Erde der Schnee wegschmolz, so kam die versteinerte Königin Ypsilon mit ihrer übrigen versteinerten Gesellschaft an einem Orte zum Vorschein, wo vorher keine steinerne Figuren standen. Der Ruf dieser sonderbaren Erscheinung breitete sich aus; die Einwohner, die Türken waren, taten Wallfahrten hin, weil sie sehr richtig schlossen, daß vier steinerne Figuren, die niemand an diesen Ort getragen hätte, entweder vom Himmel oder aus der Erde gekommen sein müßten und in beiden Fällen Wunderwerke wären, die wohl einen Gang verdienten. Zwei englische Altertumsforscher, die sich eben in der dortigen Gegend aufhielten, um griechische Schuhsohlen zu graben, liefen gleich, so geschwind als möglich, um vier Figuren zu sehn, die aus den Zeiten des Lysimachus waren, wie sie schon gewiß wußten, ohne sie gesehn zu haben; wie gewiß mußte nun vollends die Gewißheit an Ort und Stelle werden! Sie überlegten unterwegs, ob sie einen Apoll, eine Minerva, einen Satyr oder Priap finden wollten; kaum warfen sie einen Blick darauf, so waren sie so fest überzeugt als durch eine Offenbarung, daß alle vier Figuren den Lysimachus zum Meister hatten: Der echte griechische Stil!

Lauter schöne griechische Umrisse! Eine herrliche Gruppe! Niemand kann das sein als Niobe, wozu sie die Königin Ypsilon machten. Welcher erhabene Ausdruck des Schmerzes und der mütterlichen Betrübnis! Prinz Alfabeta wurde zum Apoll mit dem niefehlenden Bogen, weil er zu einer Zeit versteinerte, wo er speiste, und also den Bratenknochen, wovon er eben frühstückte, noch in der Hand hielt. Wie niedlich das Stück Bogen, wofür sie den Knochen ansahn, gearbeitet ist! Schade, daß ihn der Zahn der Zeit so grausam zernagt hat! Schade, daß von einem so trefflichen Kunstwerke nur zwei Kinder übrig sind!

Sie reisten mit dem ersten Schiffe nach Hause und machten einen Lärm von der Entdeckung, als wenn der große Prophet in Asien zu sehen wäre. Lord *Antick*, ein großer Liebhaber und Sammler der Altertümer, reiste sogleich in eigener Person dahin, um die neuentdeckte Niobe und den niefehlenden[7] Apoll in seine Gewalt zu bekommen, wenn er sie auch stehlen sollte. »Vortrefflich!« rief Hexe Tausendschön, als sie ihn aus dem Schiffe steigen sah. »Bald soll mein lieber Kakerlak ein neues Vergnügen finden, dessen er gewiß nicht überdrüssig wird. Wen sollte die Schönheit ermüden? Triumph! Diesmal wird er mich erlösen.«

In der ersten Nacht, nachdem Mylord auf dem festen Lande angelangt war, zog ihn Hexe Tausendschön vom Kopf bis zu den Füßen aus und versetzte ihn an den Ort der Antike, die ihn nach Asien lockte, schlug ihn dreimal mit ihren Flügeln, und er wurde zu Stein. Kakerlak wurde in des Lords Bette gelegt, stand des Morgens als Lord Antick auf, zog sich an und setzte sich als Lord Antick in die Kutsche, nicht wenig erfreut, daß er einmal aus den hohen schwindligen Luftgegenden wieder auf festem Grund und Boden war.

Der neue Lord saß nicht lange in der Kutsche, so pfiff etwas vorbei wie ein Vogel, der geschwind fliegt, über eine kleine Weile wieder und kurz darauf zum dritten Male. Er ließ halten, um die Ursache einer so sonderbaren Erscheinung zu erfahren; indem er sich umsah, erblickte er einen Menschen, der mit ungläublicher Geschwindigkeit lief. »Halt!« rief der Lord. Der Mensch stand. – »Warum läufst du so?« – »Zu meinem Vergnügen.« – »Wohin?« – »So

---

[7] Der nie mit dem Pfeile sein Ziel verfehlt – sein gewöhnliches Beiwort bei den griechischen Dichtern.

weit es festes Land gibt. Ich habe mir angewöhnt, alle Jahr einmal quer durch die halbe Welt zu laufen; ich setze in Spanien an und höre in Japan auf. Ich bin gut zu Fuße, wie Sie daraus abnehmen können, und liebe die Bewegung; also tu ich aus bloßer Liebhaberei jährlich so einen kleinen Spaziergang. Wo treffen wir uns?« – Der Lord nennte ihm den Ort, den ihm Hexe Tausendschön eingab und wo er in drei oder vier Tagen sein wollte. – »Gut!« antwortete der gewaltige Laufer, »so tu ich indessen einen kleinen Gang zum Kaiser von China und bin zur bestimmten Zeit wieder da. Gott befohlen.« – Dort flog mein Laufer hin, daß er dem Lord in einer Sekunde schon wie eine Mücke aussah, so weit war er.

Den Tag darauf, als er an einem Gebirge hin fuhr, sah er eine Menge starke Eichbäume den Berg herabgehn. »Bin ich denn im Lande der Wunder?« rief er und ließ halten. Er hatte wohl Ursache, sich zu wundern, denn er sah den Menschen nicht, der die Eichbäume trug. »Nun begreif ich wohl, wie zwölf so starke Eichen sich bewegen können«, sagte er, als er den Kopf des Mannes erblickte, auf dessen Schultern sie lagen. »Guter Freund! He da! Du trägst ja einen ganzen Wald. Du willst dir wohl ein recht warmes Stübchen machen, daß du so vieles Holz zusammenschleppst?« – »Ach nein, lieber Herr«, antwortete der starke Mann, »ich tue das nur zum Vergnügen. Ich vertreibe mir die Zeit damit, daß ich Zahnstocher mache; das ist nun einmal meine Liebhaberei, und um nicht zu oft zu gehn, hol ich mir immer ein Dutzend Bäume auf einmal, damit ich das Kernholz zu meinen Zahnstochern aussuchen kann.« – »Willst du mit mir?« fragte Kakerlak auf seiner Beschützerin Eingeben. – »Das tu ich wohl; ich bin ohnehin müßig. Ich will mein Holzbündelchen hier abwerfen; es wird mir's wohl niemand wegtragen, bis ich wiederkomme.« – Er setzte sich hinter die Kutsche.

»God damn me!« rief der Lord am folgenden Tage des Morgens früh zwischen neun und zehn Uhr. »Postknecht, halt! Welch neues Wunder ist das? Hierzulande geht ja alles wider die Gesetze der Natur.« – Auf einem Berge stand eine große Windmühle, deren Flügel sich itzt rechts und den Augenblick darauf links bewegten. »Das ist kein Wind aus dieser Welt, der einen so wunderlichen Gang hat«, sprach er voll Erstaunen und sah sich nach Leuten um, die er fragen könnte, woher die Windmüller hierzulande ihren Wind bekämen; indem er seine Augen überall herumwandte, wur-

de er bei dem Fuße des Bergs einen Mann gewahr, der an einem
Weidenbaume lehnte und sich ein Nasenloch um das andre zuhielt.
Er fuhr vollends zu ihm hin und fragte ihn, woher es käme, daß sich
hierzulande die Windmühlen so sonderbar drehten. »Ha, ha«, antwortete der Mann, »das mach ich.« – »Du? Wieso?« – »Sieht Er? Da
halt ich mir das linke Nasenloch zu und blase mit dem rechten, und
die Windflügel gehn so herum; drauf halte ich das rechte Nasenloch
zu und blase mit dem linken, und die Flügel drehn sich anders um.
Es ist sehr leicht, wer es kann.« – »Aber warum das?« – »Zu meinem
Vergnügen; der liebe Gott hat mir gute Tage gegeben, und so ist das
mein Zeitvertreib.« – »Komm mit mir.« – »Von Herzen gern; ich
habe ohnehin Langeweile zu Hause.« – Er setzte sich neben den
starken Mann, und Kakerlak freute sich schon, das schönste Raritä-
tenkabinett in England zu besitzen, wenn er als Lord Antick dahin
käme und drei so sonderbare Leute mitbrächte, als ihm diese drei
Tage begegnet waren.

Er kam an den bestimmten Ort und fand den starken Fußgänger,
der schon seit einigen Stunden aus China wieder zurück war und
ungeduldig auf ihn wartete. Kakerlak war zwar kein Liebhaber von
steinernen Schönheiten, aber weil ihm seine Beschützerin dies Vergnügen bestimmt hatte, so lenkte sie seinen Blick vor allen auf die
Königin Ypsilon, als er bei der Antike anlangte. Ein Rest von alter
Liebe erwachte in ihm, ohne daß er selbst es wußte, und die Hexe
Tausendschön nützte diese aufwallende Empfindung so geschickt,
daß er ein außerordentliches Verlangen nach dieser antiken Gruppe
bekam; er konnte nicht bleiben, wenn er sie nicht mit nach England
nehmen durfte; gleichwohl lief er große Gefahr, vom Volke in Stü-
cken zerrissen zu werden, wenn er sie anrührte. Er ging mit seinen
drei Wundermenschen zu Rate, wie er sie des Nachts heimlich fort-
bringen sollte. »Nichts leichter als das!« riefen sie alle.

»Ich laufe gegen Abend ans Meer und bestelle ein Schiff«, sprach
der gewaltige Laufer. »Es wird drei oder vier Tagreisen weit sein;
das ist mir ein Spaziergang.«

»Und in der Dämmerung nehm ich die steinernen Männer und
Weiber auf die Schulter und trage sie zum Schiffe«, sagte der starke
Mann. »Es ist zwar ein wenig weit, aber ich geh einen guten Schritt,

daß ich gegen Mitternacht wieder da bin, und dann hol ich den Herrn mit seiner Kutsche und seinen Leuten nach.«

»Herrlich!« rief Kakerlak voll Freuden. »Aber wenn sie uns nachsetzten und unser Schiff einholten?« – »Dafür bin ich gut«, antwortete der Windmacher. »Laßt sie nur kommen; das Nachsetzen soll ihnen schon vergehn.«

Wie es abgeredet war, so geschah es. Der Laufer lief und bestellte das Schiff; der starke Mann nahm die Königin Ypsilon und den Prinzen Alfabeta auf die Schultern, den versteinerten Lord Antick auf den Kopf, Prinzessin Friß-mich-nicht und den Prinzen Lamdaminiro unter die Arme und holte bei guter Zeit den Herrn Kakerlak nebst Kutsch und Leuten nach. Alles ging gut, wenn nicht ein schadenfroher Geist ein altes andächtiges Mütterchen an diesen Ort führte, wo sie bei den vermeinten Heiligenbildern die bösen Träume wegbeten wollte, wovon sie alle Nächte geplagt wurde. Sie kam eben an, als der starke Mann die Gruppe auflud, und verriet den Diebstahl; es wurde Lärm im ganzen Lande, und der Bassa gab sogleich Befehl, dem Diebe zu Wasser und zu Lande nachzusetzen. Es liefen Schiffe aus dem Hafen und verfolgten mit allen möglichen Kräften das Kakerlakische; aber ihr guten Schiffe, wie ging's euch? Da stand mein Windmacher am Ufer und blies mit dem rechten Nasenloche des Lords Schiff in die See hinaus und mit dem linken die türkische Flotte in den Hafen zurück. Da beide weit genug auseinander waren, ging er wieder zu seiner Windmühle; der starke Mann war schon auf dem Wege zu seinem Zahnstocherholze und der gewaltige Laufer eine gute Strecke über die türkische Grenze hinaus.

Kakerlaks Liebe zu den Altertümern wuchs unterwegs mit jeder Minute; das Wachstum ging nicht mit rechten Dingen zu; Hexe Tausendschön war schuld daran. Sie hatte ihn schon unterrichtet, was für eine Rolle er spielen sollte, als sie ihm Lord Anticks Kleider anzog, und er fuhr daher bei seiner Ankunft in London gerade vor die Wohnung dieses Herrn. Mylady machte sehr große Augen, da sie einen ganz andern Mann bekam, als sie vor einiger Zeit aus ihren Armen reisen ließ; denn ihr wirklicher Herr Gemahl hatte viel Ähnliches mit einem Kürbis, und der falsche glich eher einer welken Rübe, so wenig konnte er sich noch immer von dem langen

Aufenthalt in der Schneewolke erholen. Ebensosehr waren die beiden Altertumsforscher erstaunt, als sie eine Gruppe, die bei ihrer Anwesenheit in Asien aus vier Figuren bestand, itzt mit einer vermehrt fanden; alles schrie über Wunder.

Welch Entzücken, als Kakerlak in die Galerie trat, wovon er nun Herr war.

> Mit ernstem Lächeln stand
> Der Liebe mächt'ge Königin
> Vor allen oben an und war Beherrscherin
> Im Saal wie in der Welt. Sie deckt mit keuscher Hand
> (Da ihr der lose Künstler kein Gewand
> Um Hüft' und Beine warf), was keine Venus gern
> Vor einer Galerie voll Männeraugen zeigt.
> Der sittsam edle Blick hält die Verwegnen fern
> Und sagt, was jede spricht, sosehr sie schweigt:
> »Ich schreck euch ab, damit ihr in mich dringt;
> Ich widersteh, damit ihr mich bezwingt;
> Ich decke zu, damit ihr suchen sollt.
> Bewundrung wird mir sehr, doch Liebe mehr behagen;
> Erratet das, ihr Herren, wenn ihr wollt;
> Ich schäme mich, es euch zu sagen.«

> An ihrer Seite steht mit lockenreichem Haupt
> In Jünglingsschönheit der Apoll,
> An welchen Winckelmann, von Fanatismus voll,
> Wie an den einz'gen Gott der Künstler glaubt.
> Der Gladiator hebt mit wilder Siegesmiene
> Den nervenstarken Arm und horcht erwartungsvoll,
> Daß von dem Marmorsitz der blut'gen Todesbühne
> Des Volks Befehl ertönt, die dargebotne Brust
> Des hingestreckten Gegners zu durchbohren.
> So weibisch zart, als wär er nicht zum Mann geboren,
> Schlägt hier, ein Gegenstand der wunderbarsten Lust,
> Ein lächelnder Kinäd die Augen nieder,
> Beschämt durch den Kontrast der Fechterglieder,
> In männlicher Gestalt nur halb ein Mann zu sein.

Kakerlak wendet sich verachtend von ihm und erblickt

Den edlen Priester, den, zum Lohn
Für patriot'schen Rat, zwei giftgefüllte Schlangen
Auf einer Göttin Ruf mit grauser Wut umfangen –
Den leidenden Laokoon.
Wie krümmt sich der zurückgeworfne Nacken,
Der langgestreckten Zunge zu entfliehn!
Wie stöhnt mit wild verzerrtem Aug und Backen
Aus aufgerißnem Mund der Schmerz, der ihn
In der durchgrabnen Brust ergreift, indem sein Blut
Die Ungeheuer ihm mit durst'ger Wut
Aus den geschwollnen Adern ziehn!

Allenthalben im ganzen Saale nichts als Schönheit, männliche und weibliche! Jeder Reiz unverhüllt! Alle Götter und Göttinnen des Olymps, alle Reste der griechischen und römischen Kunst! Ein wahrer Tempel der Schönheit! Wer ist glücklicher als Kakerlak, dem dieser Tempel gehört?

Er ging in die Gemäldegalerie; wie entzückte ihn ihr Anblick!, denn

Ihm fiel beim Eintritt ins Gesichte
Der Keuschheit Monument, die rührende Geschichte,
Wie ein verwegner Mann in Strauch und Busch sich steckt,
Dianens Reize zu belauschen,
Wenn sie, nebst einem Chor von Nymphen, unbedeckt,
Mit sorgenlosem Scherz sich in dem Bade neckt,
Und wie der Herr durch unbedachtsam Rauschen
Sich in der Trunkenheit der Neubegier verrät.
Wie hier mit keuschem Grimm der Wälder Göttin fleht!
Sie bringt sogleich mit einer Hand ihr Bestes
Vor dem profanen Aug in Sicherheit.
Da! spricht ihr Blick, da! sieh ein andermal,
Was du nicht sehen sollst!, indem der Wasserstrahl
Aus ihrer Rechten fährt, der in so kurzer Zeit
Geweihe schafft, daß man das Lauschen schön bereut.
Indessen fliehn mit zugewandtem Rücken,
Mit scheu zurückgeworfnen Blicken
Die zücht'gen Nymphen zitternd fort,

Um auf den Schreck und auf das viele Schämen
Ein niederschlagend Pulver einzunehmen.

»Ah!« ruft Lord Kakerlak und eilt zu einem Gemälde.

Gewandlos schlummert dort
Auf einem Rasenbette
Der Liebe Göttin, und ihr Sohn
Knüpft tändelnd eine Blumenkette
Ihr um den Arm. Vor ihres Vaters Thron
Stand nie die Mutter aller Reize
So schön wie hier. Mit nimmersattem Geize
Hängt an Gesicht, an Brust, an Schoß und Hand
Des Lords entzückter Blick, und seufzend reißt
Er sich wie jeder los, der vor dem Bilde stand,
Und spricht, wie jeder sprach, mit traur'gem Geist:
»Ach, wenn ein Kuß die Frau beleben könnte
Und sie der Himmel mir alsdann statt meiner gönnte!«

In stiller Demut hängt
Die Mutter Gottes ihr zur Seite;
Mit mütterlicher Lust sieht die Gebenedeite,
Wie sich ihr einz'ger Sohn am vollen Busen tränkt.
Der Zufall paarte hier, was man zu paaren scheut –
Der Wollust höchsten Reiz, den Reiz der Frömmigkeit.

Kakerlak ging in ein andres Zimmer.

Hier strömt in Schlachten aus ehernen Schlünden
Das Feuer, hier regnen Kugeln, hier winden,
Zerstückt, zertreten im blut'gen Gewühl,
Sich sterbende Rosse, sich sterbende Krieger.
Mit rasender Mordsucht und ohne Gefühl
Zerfleischen sich Menschen wie grimmige Tiger.
Hier lodern, in Dampf und Flammen gehüllt,
Belagerte Städte; dort schwimmt auf den Wellen
Die kriegende Flotte. Das Aug erfüllt,
Wohin es sieht, des Mords und der Verwüstung Bild.

Kakerlak hatte noch zuviel friedliebendes philosophisches Blut in den Adern, um hier lange zu verweilen; er ging von der Zerstörung

> Zur schönen lächelnden Natur,
> Die in der Felsenkluft und fruchtbeladnen Flur,
> Im düstern Fichtenwald und lichten Hain entzückt.
> Wie ruhig lehnst du dort am Baume, wie beglückt,
> Du froher Schweizerhirt, und bläst dein Abendlied,
> Indessen daß durchs Tal die Herde langsam zieht
> Und über dir vom Strahl der Abendsonne
> Gebüsch und Fels in rotem Feuer glüht.

> »Ich durste!« ruft beim Baurenschmaus
> Der Trinker dort und streckt das Glas halbtaumelnd aus;
> Ein andrer klopft bedächtig an die Tonne,
> Zu hören, ob ihr Klang dem Gaum noch viel verspricht;
> Am Seitentische dampft, daß man das matte Licht
> Kaum flimmern sieht, des Dorfes Magistrat
> Mit ernster Gravität und wohlgenährten Bäuchen.
> Voll Ehrfurcht nimmt, indem er sich den Herren naht,
> Um mit dem langen Span ins trübe Licht zu reichen,
> Der Bauer dort das pelzne Mützchen ab.
> Wie streicht der Musikant die kreischenden Saiten herab!
> Wie dreht an ihres Korydons Arme
> Mit schwankendem Rocke das glühende Mädchen sich um!
> Selbst weise Mütter entsagen dem Harme
> Und tanzen verjüngt die Nahrungssorgen stumm.

Wer ist glücklicher als Kakerlak, der so viele Schönheiten der Kunst besitzt? Der sich mit ihrem Anblicke laben kann, sooft es ihm gefällt?

In den ersten Tagen fühlte er sein Glück kaum: Er war hingerissen, überrascht, überfüllt. Mylady wollte immer viel von seiner Reise wissen, aber sie erfuhr nichts; denn der Glückliche wußte nicht mehr, daß er eine getan hatte. Er war von dem Vergnügen, das ihm seine Gönnerin verschafft hatte, berauscht wie ein Trunkener, und Hexe Tausendschön sang schon in Gedanken das Triumphlied ihrer Befreiung; denn wie könnte eine edle Seele, die Gefühl für die

Schönheit besitzt, des Vergnügens an der Kunst jemals überdrüssig werden?

Die mitgebrachte antike Gruppe war bei weitem nicht so schön als die schlechteste im Saale; gleichwohl zog sie Kakerlaks Blicke mehr an sich als die übrigen; wenn er alle seine Kytheren nach der Reihe angesehn hatte, kam er allemal zur Königin Ypsilon zurück. Mylady war sonst keine Liebhaberin von den Schönheiten der Kunst, aber sie wußte sich selbst es nicht zu erklären, warum sie itzt einen so gewaltigen Trieb nach dem Antikensaale empfand; und wenn sie alle Apollo, Antinous und Faune angesehn hatte, kam sie jedesmal zur Figur des versteinerten Lords Antick zurück. Es ließ sich nichts anders vermuten, als daß es Hexerei wäre, und das war es wirklich; denn unterdessen hatte sich die schadenfrohe Schabernack durch die vielen Erdlagen, durch Kies, Steine, Ton und Wasser aus dem Mittelpunkte der Erde wieder heraufgearbeitet und flog überall herum, ihre Feindin aufzujagen. Sie spürte ihren Aufenthalt aus, und nun ist das Rätsel auf einmal aufgelöst, warum Kakerlak immer zur Königin Ypsilon und Mylady immer zum Lord Antick geht; die verwünschte Hexe schuf den beiden Steinfiguren so unwiderstehliche Reize, daß wirkliche Liebe daraus wurde.

Wie bei dergleichen Vorfällen die Weiber immer sinnreicher sind als die Männer, so geriet auch hier Mylady zuerst auf den Einfall, die geliebte Figur in ihr Schlafzimmer zu stellen; sie tat ihrem Gemahl den Vorschlag, weil ihm als einem Liebhaber der Antike eine solche Verzierung des Betts sehr angenehm sein müßte. »Ich bin es wohl zufrieden«, antwortete der Lord, »aber da sich solche Verzierungen ohne Symmetrie nicht gut ausnehmen, so will ich diese weibliche Figur (wobei er auf die Königin Ypsilon wies) daneben stellen.« – So war beiden geholfen.

Was nützten dem armen Kakerlak alle die herrlichen Kunstwerke, was alle Pracht, aller Geschmack in seinen Zimmern? Er konnte sich an nichts ergötzen, keine Schönheit bewundern noch fühlen; denn in seinem Herze wütete eine Leidenschaft, die ihn lebendig aufzehrte, weil sie sich nicht befriedigen ließ. Wie oft wollt' er alle Antiken hingeben, wenn er damit das Talent der Dichtkunst erkaufen könnte! »Wie beneid ich die Leute«, rief er, »die weder Antiken noch Gemälde haben, aber Verse machen können! Ohne Verse ist die Liebe nur halb; wenn das Herz überfließen will, gießt man seine Empfindung in Verse aus; jeder Seufzer, jedes Ächzen, jeder Atemzug ist noch einmal so viel wert, wenn er versifiziert wird; dann muß es Lust sein, sich zu verlieben, wenn man Verse macht. O ihr glücklichen Leute, die ihr keine Antiken habt, aber Verse machen könnt!«

So quälte er sich den ganzen Tag vom Morgen bis zum Abend, und des Nachts quälte ihn Hexe Schabernack. Sobald er in Myladys Armen und sie in den seinigen Schutz suchte, fing der steinerne Antick an zu fluchen wie ein Bootsknecht, und die Königin Ypsilon weinte, daß es ein Jammer war; dies unglückliche Konzert ließ keins von den beiden Verliebten Trost finden.

Wer die Saiten zu hoch spannt, zersprengt sie; da es der tückischen Hexe so gut gelang, das Vergnügen des Geschmacks durch eine beigebrachte Leidenschaft zu verleiden, so glaubte sie, ihm das Leben ganz zu verbittern, wenn sie die beiden Figuren am Bette lebendig machte, aber das war falsch geschlossen. Als Mylady des Morgens voll Sehnsucht und Bekümmernis nach der geliebten Figur hinsah, öffnete das steinerne Bild plötzlich die Augen, es bewegte die Lippen, bewegte die Schultern, sah sich verwundert um, fing an zu gehen, und kaum hatte der Neubelebte sich in seinem nackten Zustande erblickt, so rennte er beschämt in die Garderobe, um sich und andern nicht länger anstößig zu sein. Mylady sprang auf, schlug voll Freuden in die Hände, warf sich auf die Knie und rief: »Gedankt sei dir, unsichtbare Wohltäterin, die du ihn belebtest! Gedankt, daß du mir den liebsten Wunsch meiner Seele gewährtest! Er lebt! Wer kann mein Entzücken aussprechen? Er lebt!« – Im Taumel der Wonne vergaß sie Anständigkeit und Klugheit, und ohne zu bedenken, daß sie nur im Nachtkleide war und daß ihr Mann diese freudigen Aufwallungen sah und hörte, eilte sie der angebeteten Figur nach.

Mylord war schon mit der nötigsten Bedeckung zustande und warf eben den grünen Jagdrock über, als Mylady nach langem Suchen in allen Zimmern hereintrat. »Gott!« rief sie und bebte vor Schrecken zurück, als sie sah, daß es ihr voriger Gemahl war. Das ist ja mein Mann! dachte sie. Wußt ich das, so erspart ich mir meine Liebe. Mylord wollte ihr ein Kompliment über ihr unvermutetes

Wiedersehn machen, aber sie ließ ihn nicht ausreden, sondern lief
wie rasend im Hause herum und schrie: »Diebe! Diebe!« Die Bedienten eilten herbei und ergriffen die Waffen, die sich ihnen zuerst
darboten, um den vermeinten Dieb zu vertreiben. Mylord wider-
setzte sich zwar mit allen Kräften, allein da er merkte, daß seine
Gegner keinen Spaß verstanden, so gab er sich mit so plumpen
Leuten, die unhöflich dreinschlugen, nicht weiter ab, sondern ging
zur Türe hinaus, so weh es ihm tat, daß er sich aus seinem eignen
Hause vertreiben lassen mußte.

Unterdessen hatte Kakerlak kein schlechteres Abenteuer: Mit
dem Blick unbeweglich auf den geliebten Marmor geheftet, wurde
er kaum gewahr, daß Mylady aus dem Bette sprang und einem
lebendig gewordenen Steine nachlief; denn in dem Augenblicke, da
dies geschah, öffnete seine marmorne Dame die Augen, lächelte zu
ihm hin und breitete die Arme aus; er mußte sich lange besinnen, ob
er wachte oder träumte. Kaum war er mit sich einig, daß er wirklich
wachte, so erblickte die Dame ihren nackten Zustand und fiel vor
Entsetzen über eine so himmelschreiende Unanständigkeit in Ohnmacht. Kakerlak wollte in der Schamhaftigkeit auch nicht zurück-
bleiben und warf erst seine Decke über sie her, eh er ihr zu Hülfe
kam. Die Ohnmacht war so hartnäckig, daß sie sich durch die
stärksten stinkenden und wohlriechenden Sachen nicht vertreiben
ließ; ich wundre mich, daß die Dame jemals wieder aufwachte;
denn ihre Situation war so schrecklich für eine empfindsame Seele,
daß unter Hunderten kaum eine in so einem Falle ohne Sterben
davonkäme; aber so weit trieb sie es glücklicherweise nicht, sondern
gab wirklich schon Zeichen des Lebens von sich, als Mylady zu-
rückkam und ihrem Gemahl berichten wollte, wie glücklich sie
gewesen wäre, Diebstahl, Mord und Blutvergießen im Hause zu
verhüten. Das Wort starb ihr auf der Zunge, da ihr die ohnmächtige
Dame mit ihrer sonderbaren Bekleidung in die Augen fiel; in dem
Augenblicke, da sie losbrechen wollte, erkannte Kakerlak die Königin Ypsilon. Bist du es, die ich so feurig liebte? dachte er bei sich
und verstummte. Wußt ich das, so erspart ich mir mein Härmen,
Seufzen und Klagen; denn wir waren ja lange genug Mann und
Frau, um uns von Liebesschmerzen zu heilen. Indem öffnete die
Ohnmächtige die Lippen, um wegen ihrer schlechten Bekleidung
um Vergebung zu bitten; aber Kakerlak kam ihr mit Höflichkeit

zuvor und versicherte mit einer tiefen Verbeugung, daß es gar nichts zu bedeuten hätte, daß eine Dame von ihrem Stande tun könnte, als wenn sie zu Hause wäre. Darauf wandte er sich zu seiner Gemahlin. »Das ist«, sprach er, »die Dame aus Butam, von der ... Nein, itzt besinn ich mich, ich habe Mylady noch nichts davon gesagt; es ist eine Dame vom höchsten Stande aus Butam, von gutem Hause. Ihre Gnaden machen sich zuweilen einen kleinen Zeitvertreib und hexen: Dieselben tun alle Dero Reisen durch die Luft und ersparen dadurch ein ansehnliches an ihrem Nadelgelde. Sie kommen freilich allemal in einem beschämenden Zustande an, weil es das Hexenzeremoniell so mit sich bringt; aber dagegen werfen Dieselben auch niemals mit dem Wagen um, bleiben in keinem Moraste stecken und brauchen die Langsamkeit des Postknechts mit keinem großen Trinkgelde zu bestechen. Es ist ungemein bequem.«

Die Königin freute sich sehr, daß ihr der Lord so gut aus der Verlegenheit half, und hielt das strengste Inkognito; sie wickelte die Bettdecke etwas fester um sich und ließ sich als eine Dame von gutem Hause aus Butam an Mylady Antick präsentieren. Beide küßten sich mit vieler Wärme und waren über eine so angenehme Bekanntschaft entzückt; beide hatten schon lange davon geträumt, daß ihnen ein so großes Vergnügen widerfahren sollte, und beide versicherten sich, daß sie Freundinnen bis in den Tod bleiben wollten. Der Lord merkte, daß sich die fremde Dame in seiner Gegenwart wegen ihrer Bedeckung Zwang antat, und war daher so galant und begab sich auf sein Zimmer; Mylady beurlaubte sich gleichfalls, schickte ihr Kleider, und in drei Stunden sah es niemand der Königin Ypsilon an, daß sie so lange ein Stück Marmor gewesen war. Hexe Tausendschön lachte dreimal auf der Feueresse vor Freuden, daß die Bosheit ihrer Schwester so sehr das Gegenteil bewirkte, und diese weinte vor Ärger Tränen, so groß als ein Taubenei, viel größere als Patroklus' Pferde im Homer; sie schwor sich selbst das Verderben, wenn sie nicht von nun an dem verhaßten Kakerlak jede Freude in die bitterste Qual verwandelte.

Sobald sich alle Personen ohne Schamröte voreinander sehen lassen konnten, führte der Lord die Fremde in seinen Antikensaal, seine Gemäldegalerie und sein Porzellänkabinett; die Königin fand alles sehr schön, nur die vielen nackten Leute mißfielen ihr. »Allen den Leuten ließ ich Kleider malen«, sprach sie, »wenn die Bilder mir gehörten, und den steinernen Männern und Weibern hielt ich eine Garderobe; sie gehn ja so bloß und armselig einher, als wenn sie kein Hemd anzuziehen hätten. Es ist eine Schande für unsre erleuchteten Zeiten, daß man den Malern und Bildhauern keine Kleiderordnung macht; eine ehrbare Dame von guter Erziehung kann heutigestags keine Bildergalerie ohne Ärgernis ansehn.« Aus diesem moralischen Grunde war ihr das Porzellänkabinett das liebste. »Da sieht man doch, daß in China noch gute Sitten sind«, sagte sie, »alle diese porzellänen Damen sind von Kopf bis zu Fuße bedeckt, daß man kaum das Gesicht erkennt. Die Mandarine tragen lange Röcke; das heiß ich Anständigkeit; so etwas kann eine Dame von Stande ohne Verletzung ihrer Ehre ansehen.« Sie verliebte sich in dies porzelläne Kabinett voll chinesischer Wohlanständigkeit und chinesischer Ungereimtheiten so sehr, daß sie meistens den Morgen darinne zubrachte und jede Büchse hundertmal ansah.

Um ihrem Vergnügen nichts fehlen zu lassen, tat Kakerlak einige Lustreisen mit ihr; sie besuchten alle merkwürdige Gärten, diese herrlichen Nachahmungen der Natur, die Berge, Täler, Flüsse und Wasserstürze hinsetzen, wo die Natur keine schuf. Die Königin war sehr zufrieden damit und fand bloß das auszusetzen, daß man immer auf und nieder steigen müßte und daß die Wege nicht in gerader Linie gingen. Desto mißvergnügter wurde Kakerlak; bei jeder neuen Schönheit, die ihm entgegenkam, dachte er: Ach, der Glückliche, der einen Park hat! Ach, ich Unglücklicher, daß ich keinen Park habe! Wie wenig ist doch das herrlichste Antikenkabinett gegen einen Park! Hexe Schabernack brachte in seinem Herze die Unzufriedenheit und seinen Wunsch zur Flamme, und er war noch nicht durch die Hälfte des Gartens, so schwur er schon, daß er lieber nichts als Salz und Brot essen wollte, um einen Park zu haben. Sehnsucht, Ungeduld und Gram sprachen aus seiner Miene; Mylady konnte kein Wort aus ihm bringen; Tag und Nacht quälte ihn der verdammte Park. Seine Gemahlin nahm ihn ernstlich vor, als sie einmal des Abends allein waren, und bat ihn mit Flehen, ihr seinen Kummer zu entdecken; er wollte lange nicht; endlich warf er sich schluchzend an ihre Brust. »Mylady«, rief er, »schaffen Sie mir einen Park, oder ich sterbe.« – »Aber Mylord hat ja ein Antikenkabinett, eine Gemäldesammlung und einen Porzellänsaal.« – »Ach, was Antikenkabinett«, fuhr er entrüstet auf, »was Gemäldesammlung? Einen Park will ich, oder ich kann nicht leben. Einen Park! Oder ich erhänge mich wie ein rechtschaffner Engländer. Betteln will ich lieber, als keinen Park haben.« – Sie riet ihm, seine Sammlungen zu verkaufen und für das Geld einen anzulegen; er gehorchte dem Rate, wollte gern um den dritten Teil des Werts losschlagen und fand viele Käufer, die aber desto langsamer kauften, je geschwinder er verkaufen wollte.

Schabernack konnte einen Mann, den sie haßte, nicht so leicht zu seinem Wunsche gelangen lassen und spielte ihm einen Streich, dergleichen noch nicht unter der Sonne geschah. Sie machte in einer Nacht alle Antiken lebendig; Prinz Alfabeta lief augenblicklich, wie er sein Leben wieder hatte, im ganzen Hause herum und kommandierte, als wenn es sein eigenes wäre, weckte Bediente und Stallknechte mit Prügeln und Ohrfeigen auf, ließ des Lords beste Kutsche anspannen und entführte auf Eingeben der Hexe die Königin Ypsilon aus dem Bette. Das war ein Lärm! Das war ein Aufruhr im Hause! Die beiden Maschinen der Unglücksstifterin, Prinz Lamdaminiro und Prinzessin Friß-mich-nicht, fingen gleich nach ihrem Aufleben Zank an; so gutmütig der Prinz sonst war, so fand er sich doch unendlich beleidigt, daß ein so schlechter Mensch wie ein römischer Gladiator neben ihm stand, und stieß ihn mit dem Ellenbogen voll Unwillen von sich. Dieser Herr war ziemlich handfest und in einer Republik entstanden, wo man von der heutigen Politesse nichts wußte; er faßte also ohne alle Zeremonie den Prinzen bei dem Leibe und schleuderte ihn längs im Saale hin. Die Prinzessin wollte die Beschimpfung ihres Bruders rächen und biß den baumstarken Gladiator in den Arm, daß er zusammenfuhr; dies Untier hatte nicht mehr Respekt gegen die Damen als gegen die Herren und scherzte nicht sehr fein, denn er faßte die Prinzessin und schleuderte sie im Saale hin wie einen Knaul. Unterdessen verursachte der Fall des Prinzen einen neuen Streit: Er stürzte wider seinen Willen auf die schöne Venus und warf sie um, daß der Boden schütterte. Die übrigen Götter und Göttinnen erzürnten sich über die Verwegenheit eines Sterblichen gegen eine Dame von göttlichem Blute, hoben die Gefallne in aller Eile auf, und Minerva trat à la Shakespeare mit ihrer Ferse dem Prinzen zwei Augen und einen Kopf entzwei. Die Prinzessin richtete nicht weniger Unglück an: Sie rollte an Apollens Fuß; das nahm der Musengott übel, spannte den Bogen und schoß sie so ohne Gewissen ins Herz, wie wir Sterbliche eine Fliege totschlagen, wenn sie uns sticht.

Was für ein stolzes Volk die Götter des Olymps sind, das sah man hier; ihre Majestät schien ihnen schon dadurch entheiligt, daß Sterbliche in *einem* Saale mit ihnen atmeten, und sie beredeten sich deswegen, sie zu vertreiben. Wer mag Göttern widerstehn? Die Sterblichen mußten weichen und irrten im Hause herum; der eine rettete sich in dieses, der andere in jenes Zimmer.

Kakerlak hörte zwar nichts von dem Getöse, aber wie erschrak er, als er den Tag darauf die Nachricht erhielt, daß die Hälfte der Antiken aus dem Saale gewandert und in alle Zimmer des Hauses zerstreut wäre, daß zwei blutig auf der Erde lägen und daß die göttliche Venus ein Loch im Backen hätte, als wenn sie in einem Scharmützel gewesen wäre! Der Lord fand alles dem Berichte gemäß, ließ die Ausgetretnen wieder an ihren Ort schaffen und wußte keine Möglichkeit auszusinnen, wie ein Klumpen unbeseelter Marmor – denn das waren sie wieder – sich so weit bewegen konnte. Die folgende Nacht geschah das nämliche. Hatte Kakerlak vorher geeilt, sein Kabinett zu verkaufen, so tat er es itzt desto mehr; aber hatte vorher jedermann gezaudert, es ihm abzukaufen, so wollte es itzt niemand umsonst, da sich das Gerücht ausbreitete, daß es mit den Antiken nicht richtig wäre. Wenn man sein schweres Geld daran wandte und sie kaufte, so konnten sie ja in *einer* Nacht alle entlaufen; wer gab denn dem armen Kaufmanne sein Geld wieder? Ein einziger, der von der Freigeisterei Profession machte und darum keine Wunderwerke glaubte, hoffte, sie um jenes Gerüchts willen desto wohlfeiler zu bekommen, und bat um Erlaubnis, sie zu besehn. Er besah die himmlische Venus; Venus drehte sich um und wies ihm statt des Gesichts den Rücken; er besah den immer jugendlichen Apoll; Apoll kehrte sich um und wies ihm den Rücken; die nämliche Unhöflichkeit begegnete ihm bei allen, denen er ins Gesicht sah. Dem Manne verging beinahe die Freigeisterei, so übel ward ihm zumute; weil aber seine Gewinnsucht größer war als die Furcht, bot er eine kleine Summe, und der Lord schloß den Handel, um nur nicht länger mit behexten Antiken in einem Hause zu wohnen.

Die Gemäldegalerie wurde auf ebendieselbe Art verkauft; alles zusammen brachte nicht so viel Geld ein, als nötig war, einen Gang im Garten anzulegen; gleichwohl war schon ein Riß dazu gemacht, ein ganzes Gut dazu bestimmt, die Arbeit angefangen, und um nicht mit Schande aufzuhören, mußte Geld aufgenommen werden. Kakerlak verkaufte und verpfändete alles und war schon in Gedanken Herr vom schönsten Garten im ganzen Lande.

Nach langer Arbeit und langer Hoffnung stand endlich das Wunderwerk der Gartenkunst fertig da.

> Zwischen jungen Fichten dreht
> Sich der Schlangenpfad dahin,
> Wo die schönste Charitin
> In dem schönsten Haine steht.
>
> Wie labt der Duft der frischbelaubten Birken!
> Wie zittert sanft, gleich der verschämten Unschuld,
> Am weißen Ast das zarte lichte Blatt!
> Mit jedem Wehn des lauen Lüftchens kommen
> Dem süßgelabten Sinn Gerüch entgegen
> Von Blumen, Kräutern, Blüten. Jeder steht,
> Berauscht sich, rühmt und sucht den Garten,
> Der ihn mit solcher Schwelgerei bewirtet.
> Umsonst! Er tut wie edle Seelen Gutes,
> Erquickt und läßt nicht wissen, wer es tat.
> Welch Leben! Welche Stimmen, die hier tönen!
> Kein Zweig, wo nicht ein froher Sänger hüpft!
> Was in der Schöpfung lebt, scheint hier versammelt,
> Den Grazien sein fröhlich Lied zu weihn.
> Euch, Schmuck der Menschheit! Euch, Wohltäterinnen,
> Die ihr die Sterblichen aus Barbarei
> Und Wildheit zogt, dem Leben Anmut schenktet,
> Die Schönheit selbst mit Zauberkraft belebtet,
> Euch, die ihr unsers Wunsches wert es machtet,
> Ein Mensch zu sein, gebührt der schönste Hain,
> Der lieblichste Geruch, der lieblichste Gesang.
>
> Zwischen Tannenbüschen dreht
> Aus dem schönsten Birkenhain

Sich der Schlangenpfad dahin,
Wo ein dunkelgrüner Wald
Düster auf dem Berge steht.

Ihn weihte sich die Spekulation.
Sie wandelt hier am Arm des Tiefsinns ernsthaft
Im finstern Schatten tiefgesenkter Äste.
Bald leitet sie den Treuen, der ihr folgt,
Zum lichten Gang, wo durch die hohen, glatten Stämme
Der Himmel lächelnd blinkt; bald führt sie ihn
In Finsternis, wo der Erschrockne steht
Und sinnt, sich mit Entschlossenheit zu rüsten,
Eh er den Schritt ins heil'ge Dunkel wagt.
Wie schweigt der Wald in tiefster Einsamkeit,
Als wäre Leben, Regsamkeit und Ton
Aus der Natur auf einmal weggenommen!
Die Schöpfung ganz in Todesschlaf versenkt!
Wie spannst du, heil'ger Ort, des Geistes Flügel
Zu hohem Flug! Wer hier nicht denkt, denkt nie.

Zwischen Strauch und Dornen weht
Sich der Schlangenpfad herab.
Über Stein und Wurzeln muß
Mühsam sich der matte Fuß,
Wie der Denkende durch Zweifel, leiten,
Bis nach Strampeln, Taumeln, Gleiten
Vor dem See der Müde steht.
So staunt, wie hier, wenn von dem Ozean
Der Reisende die Küsten übersieht,
Die Griechenland mit Marmortempeln schmückte,
So hängt der Blick an den erhabnen Trümmern.
Im Sonnenglanz, umwebt von grünen Sträuchen,
Steigt dort vom Hügel auf ein Säulengang,
Zu dem hinan Apolls geweihte Priester
Auf breiten Stufen einst voll Andacht schritten.
Bald kahl, bald mit Gebüsch bekrönt, erheben
Am Ufer hin sich Hügel über Hügel
Und bilden uns den Sitz der Musen ab.

Trag uns, Gondel, durch den See

Von dem reizenden Prospekt
Zu dem Ufer, wo das Reh
Sich, bald sichtbar, bald versteckt,
Unter hohen Pappeln neckt.

Ha! welche Kluft empfängt uns am Gestade!
Ein langes Tal, das durch zwei Reihen Berge
Sich krümmt und drängt; ein kleiner Bach rauscht mitten,
Von Gras und Blumen halb verdeckt, dahin
Und bringt dem See sein Strömchen zum Tribut.
Schon braust durch Bäum und Strauch der Wasserfall
Mit näherndem Geräusch; der schmale Weg
Schleicht, tausendfach gewunden, durch die Wildnis,
Und oh! – wer zauberte den grünen Grund
Mit Schafen, Hirten, Bächen schnell daher? –
Willkommen uns! geliebte Hirtenszene,
Von Felsen rings umfaßt, worein mit Mühe
Der krumme Baum die durst'ge Wurzel gräbt,
Wo Strom auf Strom, wie straff gespannte Segel,
Vom höchsten Gipfel stürzt, von Fels zu Fels
Emporgeschleudert tanzt, sich schäumend bricht,
Bald wie geballter Schnee durch Stein und Wurzeln
Mit Zischen wälzt und bald wie Perlen rollt,
Dann mit vereinter Macht hinab zur Tiefe
Wie in Verzweiflung schießt, wo ein gekräuselter Wirbel
Mit hohlem Brausen die fliehende Nymphe verschlingt.
So flohen oft des Nereus keusche Töchter,
Verfolgt von den Bewohnern des Olymps,
Verzweiflungsvoll in des Vaters Arme herab.
Das Wasser braust, die Herde blökt,
Die Hirten flöten, Bäum und Felsen horchen;
O glücklich, wer mit offnen Sinnen hier
Im Schatten liegt und hört und sieht und fühlt!

Glücklicher Kakerlak, wer kann dein Entzücken beschreiben, als
du zum ersten Male den Wassersturz rauschen hörtest, den du der
Natur zum Trotze an einem Orte schufst, wo sonst kein Wasser
war? »Glücklicher Kakerlak«, rief Hexe Tausendschön, »wie kannst
du eines Vergnügens satt werden, das dich dem Schöpfer der Natur

gleichsetzt? Du riefst Berge, Täler, Wasserfälle, Seen und Wälder aus dem Nichts, pflanztest Schatten, wo die Sonne den Kopf verwundete, und bahntest Wege, wo die Wildheit keinen Fuß wandeln ließ. Glücklicher Kakerlak! Du wirst deine Beschützerin erlösen.«

Schabernack hatte durch ihre Kunst die Wunden des Prinzen und der Prinzessin unschädlich gemacht und stahl sie aus dem Antikenkabinett, um sie im Garten zu ihren Tücken zu gebrauchen. Stand der Lord vor einer langgedehnten Wildbahn und bewunderte mit Entzücken den sanften, feinen Rasen, der wie ein grüner Teppich ausgebreitet dalag, so mußte die Prinzessin mitten auf den Platz als ein alter verdorrter Baum hintreten. Kakerlak entrüstete sich, daß eine so häßliche Mißgeburt die schöne Grasebne schändete, und befahl dem Gärtner, den abscheulichen Baum augenblicklich zu vertilgen; der Gärtner frage immer: »Wo? wo?«, und strengte seine Sehnerven an, daß sie beinahe zerrissen, und wenn er so viele Augen hatte wie Argus, so sah er nirgends einen Baum. Der Lord erzürnte sich noch mehr, führte den Gärtner auf den Platz, wo er den Baum sah, und waren sie dort, so war der Baum hier, gingen sie hieher, so war der Baum dort. So wurde der elende Glückliche unaufhörlich gequält: Wo er ging und stand, ließ die Hexe Grashalme aus den glatten geschlängelten Gängen hervorwachsen; er befahl dem Gärtner, sie auszurotten, aber der arme Mann sah itzt so wenig Grashalme als vorhin einen Baum. Sollte der Wasserfall rauschen, so steckte Schabernack den Prinzen in die Röhre, und das Wasser lief so schwach, daß man's kaum rauschen hörte; die Röhren wurden gesäubert, aufgerissen, neue hineingelegt; es blieb wie zuvor.

So viele widrige Zufälle verbitterten das Vergnügen schon sehr; nun fanden sich noch dazu täglich mehr Gläubiger ein, für deren Geld der Garten angelegt war, mahnten und drohten, da sie nicht befriedigt wurden. Kakerlak war ohnehin schon eines Gartens überdrüssig, wo unaufhörlich Bäume und Grashalme am unrechten Orte wuchsen, und beschloß, ihn seinen Gläubigern preiszugeben. Damit waren aber die unhöflichen Herren nicht zufrieden, sondern baten sich auch Häuser, Möbeln und die übrigen sämtlichen Habseligkeiten aus. Voll Verzweiflung flüchtete Mylord und Mylady in ein Dorf, entsagte auf immer allem Vergnügen und vergaß, daß seine Beschützerin eine Hexe war, die durch ihn befreit sein wollte. Die Gemahlin hatte heimlich ihre Ringe mit sich fortgebracht; sie wurden verkauft, und von dem gelösten Gelde beschlossen die beiden Unglücklichen, in stiller Einsamkeit, der Welt und ihren Freuden abgestorben, ohne übernatürlichen Beistand zu leben. Tausendschön weinte; Schabernack lachte.

Um ihm sogar diese kleine Ruhe zu verbittern, holte die Schadenfrohe seine Bücher nebst der ganzen Stube herbei, wie er sie vor seiner Auswanderung nach dem Vergnügen verließ; er sollte nicht ohne Vergnügen sein, um eins überdrüssig werden zu können. Wie wenn man nach vielen, vielen Jahren einen Freund wiederfindet, den man schon so lange für tot hielt, daß sein Andenken fast erloschen war, so lief itzt Kakerlak zu seinen Büchern hin. »Willkommen, Freunde!« rief er entzückt. »Willkommen, ihr teuern Gefährten meines Lebens, eh ich undankbar euch verließ! Ich durstete nach Vergnügen und fand keins; ich irrte von einem täuschenden Schimmer zum andern, hielt es für ein Vergnügen und betrog mich; ein leuchtender Dunst war es, der aus einem Moraste aufstieg. Weg mit den Puppen! Ich bin kein Kind mehr. Ihr seid zwar auch nur Puppen, aber doch männliche Puppen; ihr seid zwar auch nur Spiele mit Gedanken, wie andere mit Würfeln oder gemalten Blättern spielen, aber doch edlere Spiele des Geistes. Willkommen! Nie will ich an euch die zweite Undankbarkeit begehn.«

Hexe Schabernack, was wird das werden? Du hast dich vermutlich in deiner eigenen Schlinge gefangen, denn der Mann scheint Wort halten zu wollen.

Der Heimtückischen fing an bange zu werden, weil nichts in der Welt ihn von seiner Philosophie abzubringen vermochte. Sie spielte ihm mit des Prinzen und der Prinzessin Hülfe tausend possierliche Streiche; sie verwandelte die Buchstaben vor seinen Augen und füllte seine Bücher mit Irrtümern, Zweifeln, Paradoxien, Widersprüchen, Ungereimtheiten, närrischen Hypothesen und wunderlichen Meinungen an; nichts konnte ihn in seinem Vergnügen stören. »Der Mensch soll nicht *wissen*, sondern nur *vermuten*, nicht *genießen*, sondern nur Genuß *hoffen* und *träumen*, nicht glücklich sein, sondern sich glücklich *dünken*« – das blieb seine Philosophie, womit er alle Gaukeleien entschuldigte, die sein Vergnügen stören sollten.

Stimmen riefen ihm von allen Seiten zu: »Kakerlak, so ein weiser Mann bist du und spielst? Spielst mit Büchern und Gedanken?« –

»Das ganze Leben ist ein Spiel«, antwortete Kakerlak. »Das Kind spielt mit Puppen oder Trommeln, der Jüngling mit Hunden und Pferden, das Mädchen mit der Liebe, mit Stoffen und Bändern, die Großen mit Soldaten, Sternen, Stammbäumen, Ordensbändern, die Kleinen mit Titeln, Männer und Weiber mit Karten, Würfeln und Kegeln, der Weise mit Gedanken und Empfindungen. Wenn alles spielt, warum sollt ich allein es nicht tun?«

Er wurde krank und kämpfte mit tausend Schmerzen. »Unglücklicher Kakerlak!« riefen ihm Prinz und Prinzessin zu. »So ein verdienstvoller Mann und mußt so leiden!« – »Ich leide, aber ich bin nicht unglücklich«, war Kakerlaks Antwort, »denn noch ist mein Herz nicht zur Fröhlichkeit stumpf.«

»So ein weiser Mann«, riefen sie zu einer andern Zeit, »und freut sich! Freut sich wie gemeine Sterbliche über ein Blümchen, einen Baum, einen romantischen Felsen, über Wasserstürze, Sonnenschein und Regen! Wie erniedrigst du deine erhabne Seele.« – »Weit gefehlt!« sprach Kakerlak lachend. »Die Freuden der Natur sind mein Beruf; alles, was Menschen ersannen und Vergnügen nannten, ist nur eine Krankenspeise; die gesunde Seele will nichts, was nicht von den Händen der Natur kommt.«

»Armer Kakerlak! Lebst so einsam und still ohne alles Vergnügen.«

»Mein Vergnügen ist niemals um, sondern in mir; andere suchen es, ich trag es beständig mit mir herum.«

»Armer Mann! Der Hagel hat dir dein kleines Blumenbeet zerschlagen, deinen einzigen Reichtum.«

»Auch gut! So pflanz ich neue Blumen und gewinne durch meine Arbeit neue Hoffnungen.«

»Armer Weiser! Bald wirst du im Grabe liegen und ein Häufchen Knochen und Staub sein.«

»Auch gut! So quält mich die elende Maschine mit keinem Bedürfnisse mehr.«

Da Schabernack sah, daß mit dem hartnäckigen Weisen nichts auszurichten war, machte sie einen Versuch, ihn auf einer andern Seite anzugreifen. Der Prinz Alfabeta reiste mit der entführten Königin Ypsilon noch immer in der Welt umher, um die verlorne Physiognomie zu finden; die Hexe leitete diese beiden Abenteurer zu Kakerlaks Wohnung und freute sich über den Krieg, den die Physiognomie veranlassen würde. Sie mutmaßte richtig; denn kaum erblickte der Prinz sein Eigentum auf einem fremden Gesichte, so griff er ebenso derb zu, als da er den unrechtmäßigen Besitzer desselben aus dem Schnee zog. »Au weh!« schrie der Prinz und fuhr zurück; das Vögelchen, worein Hexe Tausendschön gebannt war, saß auf ihres Lieblings Gesichte, deckte es mit seinen Flügeln und pickte den Herrn Prinzen, als er seine Physiognomie abreißen wollte, höchst schmerzlich auf die Finger. »Vor einem Vogel fürcht ich mich nicht«, sagte der Prinz und griff zum zweiten Male zu. Das Vögelchen pickte. »Au weh!« schrie der Prinz. Er versuchte es zum dritten Male; zum dritten Male pickte das Vögelchen, und zum dritten Male schrie mein Herr Prinz: »Au weh!« Nun ließ er's wohl bleiben, nach seiner Physiognomie zu greifen.

»Wohl mir! Ich bin befreit«, fing das Vögelchen an. »Dank dir, Kakerlak, Dank dem Weisen! Ich bin erlöst.« – Hexe Schabernack fuhr knirschend, polternd und schreiend zur Feueresse hinaus auf den Brocken, um die Versammlung ihrer Schwestern zusammenzurufen und durch Kabale die Erlösung ihrer Feindin zu hindern. Prinz und Prinzessin, die bisher in zwei Folianten wohnten, fielen tot aus den Büchern heraus zur Erde, weil die Zauberin, die sie unsichtbar machte, von ihnen wich und in der Bestürzung vergaß, für sie zu sorgen.

»Meine Kinder!« rief die Königin Ypsilon mit erhabenen Händen aus. »So find ich euch wieder, um euern Tod zu beklagen!«

»Klage nicht, schöne Königin Ypsilon!« unterbrach das Vögelchen ihren Schmerz. »Eine böse Zauberin ließ sie sterben, eine gute macht sie wieder lebendig.« – Sogleich flog es dem Prinzen auf den Kopf und pickte darauf, alsdann auf den Kopf der Prinzessin und pickte darauf, und beide standen so frisch und gesund auf, als wenn sie eben erst aus [dem] Mutterleibe kämen.

Das war ein Jubilieren und ein Küssen zwischen Mutter und Kindern! Die Königin konnte zuletzt keinen Arm mehr rühren, so müde waren sie von den vielen Umarmungen; die Prinzessin verrenkte sich ein Bein mit ihren hohen Freudenspringen, und der Prinz

Lamdaminiro war der einzige, der bei diesem Auftritte des unvermuteten Wiedersehens mit gesunden Gliedmaßen durchkam; das hatte er seiner unnachahmlichen Gelassenheit zu verdanken, die ihm bei dieser Gelegenheit so große Dienste tat, daß er bloß Küsse und Umarmungen annahm, ohne *eine* Falte im Gesichte vor Freude zu ändern.

»Kehrt«, sprach das Vögelchen, »nach Butam zurück; die Physiognomie soll nachkommen.« Der König wollte zwar nicht abziehn, aber das Vögelchen nahm einen gebietrischen Ton an und drohte. »Zwei Tage nach deiner Ankunft«, setzte es hinzu, »besieh dich im Spiegel, und dann danke mir's, wenn du wieder besitzest, was du in der ganzen Welt vergebens suchtest.« Wollte er ganz Alfabeta sein, so mußte er sich wohl zur Abreise bequemen, und damit die Reise nicht zu langsam ging, riß Tausendschön aus ihren Flügeln Federn und steckte jedem Pferde eine zwischen die Ohren. Gleich huben sich die schnaubenden Hengste in die Höhe und flogen mit der Kutsche durch die Luft, als wenn das Fliegen zeitlebens ihr Handwerk gewesen wäre; dadurch ersparte sie der königlichen Kammer zu Butam ein Ansehnliches, was auf der Erde unterwegs aufgegangen wäre.

Der große und kleine Rat hatte sich indessen auf dem Brocken versammelt, und Hexe Schabernack hielt schon ihre Rede in wohlgesetzten Hexametern, als ein paar Bettelmönche, die dermaligen Ratsboten, die Ankunft der Hexe Tausendschön meldeten. Man hieß sie warten und befahl ihrer Gegnerin abzutreten; nach einer zweistündigen Überlegung, wobei man sich eine Menge Haare ausraufte, mußte Klägerin und Beklagte erscheinen, und es wurde ihnen folgender Bescheid bekanntgemacht:

Kund und zu wissen sei allen, die Ohren haben und hören,
Welchergestalten des zaubernden Reichs versammelte Glieder
Nach der Sachen reifer Erwägung in völliger Eintracht
Also beschlossen, wie lautet:

»Nachdem ein Sterblicher standhaft
Im Vergnügen des Geistes beharrte, den Freuden sich weih-

te,
Die geöffneten Sinnen und einer schuldlosen Seele
Die Natur mit ökonomischer Sparsamkeit darbeut,
Alle Hoheit für Traum, den Stolz für Torheit erkannte,
Fest entschlossen, in fröhlichen Sprüngen zum Grabe zu
tanzen;
Als erkennen wir dann, daß unsre verurteilte Schwester
Ihr Gefängnis verlaß und in unser hohen Versammlung
Wieder mit vorigem Recht und Gestalt von nun an erschei-
ne,
Doch mit ernstem Bedeuten, des Alfabeta von Butam
Edles Gesicht zu restituieren in integrum oder
Unser Mißvergnügen und unsern Zorn zu gewarten.«
So gegeben am uns geweihten Tage Walpurgis,
Auf dem schneevollen Gipfel des Brockens.

Conclusum in pleno.

Beide Vorbeschiedene neigten sich tief, Schabernack ging mit verbissenem Ärger in ihre Statthalterschaft zu ihrem gewöhnlichen Posten ab, und Tausendschön vollstreckte sogleich in schuldigem Gehorsam den Befehl des Senats. Als der König Alfabeta zwei Tage nach seiner Ankunft in den Spiegel sah, um seine Frisur zu mustern, warf er plötzlich vor Freuden den Spiegel hin und rief: »Ich habe sie wieder! Ich habe sie wieder!«, und sogleich wurde auf denselben Tag Gala angesagt.

Indem sich Kakerlak von ungefähr umsah, erblickte er einen goldnen Käfig an der Decke seiner Stube; er enthielt das Vögelchen, aus dem eben itzt seine Beschützerin gezogen war und das ihn bisher von Vergnügen zu Vergnügen und durch so manche Gefahr trug. Es blieb sein Gesellschafter und Freund, und wenn dem Herrn Weisen zuweilen eine kleine Schwachheit, etwas Stolz, Unzufriedenheit oder Sehnsucht nach einem andern Zustande überfiel, so sang es gleich:

Mann, du willst dich einen Weisen nennen
Und kannst unzufrieden sein?
Kannst das Nichts, wonach du strebst, verkennen?

Kannst von Stolz und Leidenschaften brennen?
Ach, wie ist der weise Mann so klein!

Hatte er sich hingegen aufgeführt, wie es einem Weisen geziemt,
dann erschallte sein Lob durch die goldnen Stäbe:

O das ist ein weiser Mann!
Sieht das Glück der Welt mit Lächeln an,
Findet auf des Lebens rauher Bahn
Überall Ergötzen, wo er kann,
Unterdrückt des Stolzes falschen Wahn,
O das ist ein weiser Mann!

Ende

Über tredition

Eigenes Buch veröffentlichen

tredition wurde 2006 in Hamburg gegründet und hat seither mehrere tausend Buchtitel veröffentlicht. Autoren veröffentlichen in wenigen leichten Schritten gedruckte Bücher, e-Books und audio-Books. tredition hat das Ziel, die beste und fairste Veröffentlichungsmöglichkeit für Autoren zu bieten.

tredition wurde mit der Erkenntnis gegründet, dass nur etwa jedes 200. bei Verlagen eingereichte Manuskript veröffentlicht wird. Dabei hat jedes Buch seinen Markt, also seine Leser. tredition sorgt dafür, dass für jedes Buch die Leserschaft auch erreicht wird.

Im einzigartigen Literatur-Netzwerk von tredition bieten zahlreiche Literatur-Partner (das sind Lektoren, Übersetzer, Hörbuchsprecher und Illustratoren) ihre Dienstleistung an, um Manuskripte zu verbessern oder die Vielfalt zu erhöhen. Autoren vereinbaren direkt mit den Literatur-Partnern die Konditionen ihrer Zusammenarbeit und partizipieren gemeinsam am Erfolg des Buches.

Das gesamte Verlagsprogramm von tredition ist bei allen stationären Buchhandlungen und Online-Buchhändlern wie z. B. Amazon erhältlich. e-Books stehen bei den führenden Online-Portalen (z. B. iBookstore von Apple oder Kindle von Amazon) zum Verkauf.

Einfach leicht ein Buch veröffentlichen: **www.tredition.de**

Eigene Buchreihe oder eigenen Verlag gründen

Seit 2009 bietet tredition sein Verlagskonzept auch als sogenanntes "White-Label" an. Das bedeutet, dass andere Unternehmen, Institutionen und Personen risikofrei und unkompliziert selbst zum Herausgeber von Büchern und Buchreihen unter eigener Marke werden können. tredition übernimmt dabei das komplette Herstellungs- und Distributionsrisiko.

Zahlreiche Zeitschriften-, Zeitungs- und Buchverlage, Universitäten, Forschungseinrichtungen u.v.m. nutzen diese Dienstleistung von tredition, um unter eigener Marke ohne Risiko Bücher zu verlegen.

Alle Informationen im Internet: **www.tredition.de/fuer-verlage**

tredition wurde mit mehreren Innovationspreisen ausgezeichnet, u. a. mit dem Webfuture Award und dem Innovationspreis der Buch Digitale.

tredition ist Mitglied im Börsenverein des Deutschen Buchhandels.

Dieses Werk elektronisch lesen

Dieses Werk ist Teil der Gutenberg-DE Edition DVD. Diese enthält das komplette Archiv des Projekt Gutenberg-DE. Die DVD ist im Internet erhältlich auf **http://gutenbergshop.abc.de**